Amor fou

Marta Sanz

Amor fou

Nueva versión

Prólogo de Isaac Rosa

EDITORIAL ANAGRAMA

BARCELONA

Ilustración: foto © Chema Madoz, VEGAP, Barcelona, 2018

Primera edición: marzo 2018

Diseño de la colección: Julio Vivas y Estudio A
© Del prólogo, Isaac Rosa, 2013, 2018
© Marta Sanz, 2013, 2018
© EDITORIAL ANAGRAMA, S. A., 2018
    Pedró de la Creu, 58
    08034 Barcelona

ISBN: 978-84-339-9853-8
Depósito Legal: B. 4274-2018

Printed in Spain

Liberdúplex, S. L. U., ctra. BV 2249, km 7,4 - Polígono Torrentfondo
08791 Sant Llorenç d'Hortons

PRÓLOGO:
PELIGRO: NOVELA DE AMOR

Me gusta pensar que la mejor definición de Marta Sanz como novelista la encuentro en una de sus novelas: *Black, black, black.* Se trata de un pasaje donde el poco convencional detective Zarco recuerda «las razones por las que me hice detective». Sustitúyase «detective» por «escritora» y tenemos a Marta Sanz novelista:

> Soy detective [soy escritora] porque no creo que este mundo esté loco ni que solo las psicopatías generen las muertes violentas ni que únicamente los forenses y los criminalistas que rastrean los pelos, las huellas parciales, las cadenas de ADN, la sangre y el semen que empapan las alfombras y las sábanas puedan ponerle un nombre a los culpables. Creo en la ley de la causa y el efecto. En la avaricia. En la desesperación. En la soledad. En la compasión y en la clemencia. En los argumentos de los prevaricadores. En la necesidad de un techo y de una caldera de calefacción. En el deseo de acaparar y en los motivos ocultos del mentiroso compulsivo. Creo en la eficacia de los tratamientos psiquiátricos y en la honradez de ciertos jueces. Creo que podemos comunicarnos a través de los lenguajes y en el desciframiento de los símbolos. En los especialistas en qui-

nésica que se convierten en jefes de recursos humanos. No todo es aleatorio ni fragmentario ni volátil ni inaprensible. Existen las repeticiones. Soy detective [soy escritora] porque creo en la razón y en la medicina preventiva. Busco las causas y los ecos. Lo que sucede dos veces. Los hilos que se tejen con otros hilos. Suelo encontrarlos.

Marta Sanz lleva veinte años encontrando esos hilos, buscando las causas y los ecos. Son ya doce novelas, además de tres libros de poemas y dos ensayos, para una obra dotada de una coherencia poco habitual en la literatura española contemporánea.

Es coherente en su escritura, en su voluntad de estilo, que se desmarca de la dominante prosa anoréxica, y que en su exploración de los límites del lenguaje y su fuerza poética viene levantando una de las mejores prosas que hoy se escriben en castellano.

Coherente también en su conciencia de la propia literatura, el discurso que asume sus consecuencias, que no se refugia en la inocencia ni en el juego vano, que enfrenta al lector con sus propias debilidades y le alerta contra la trampa de la seducción que suele acompañar a todo relato.

Y coherente, por supuesto, en sus temas, comunes a la mayor parte de sus escritos: la familia como institución conflictiva, el resentimiento (incluido el de clase), la culpa, la doble moral, la felicidad sospechosa, el cuerpo y su declive, el sexo como forma también de explotación y alienación, la maternidad, la violencia en sus formas menos evidentes.

Y el amor como contenedor de todo lo anterior. El amor como tema vertebrador de la mayor parte de su literatura. El amor como proceso dialéctico, que lucha contra su habitual inclinación a corromperse y convertirse en dominación, en relación de poder, en vampirismo.

Solo así, entendiendo el amor también como conflicto,

resentimiento, culpa, doble moral, alienación y violencia, podemos afirmar que *Amor fou* es, ironía del título al margen, una novela de amor. El amor como posibilidad llena de trampas, el amor como dolor, como enfermedad y locura. El amor como rencor, el amante que durante años acaudala agravios y se lame las heridas hasta hacerse llagas y va rumiando un enorme bolo alimenticio que se le pudre en la boca sin llegar a tragarlo, hasta que llega el día en que decide cobrarse el precio a pagar por la felicidad de los otros, la que le restan para que otros sumen. Una historia de humillados y ofendidos, frente a felices que pretenden disfrutar gratis del amor, sustraerlo al mercado, como si amar no fuese otra forma de poder adquisitivo, de desigualdad; felices que intentan construir una felicidad conyugal cuya luz y calor de invernadero es un insulto para quienes pasan frío en el exterior. El amor que, como la sociedad de cuya violencia forma parte, necesita también chivos expiatorios, culpables a los que castigar para que todo siga dentro de un orden.

Y si es novela de amor, tiene que doler. Puede que sea una de las novelas más dolorosas de Marta Sanz, y eso es mucho doler, aunque sea por nuestro bien: Sanz nunca nos causa daño en vano, las heridas que deja son una forma de lucidez. Sirven.

Como otras narraciones suyas, *Amor fou* es pura mirada, a menudo amplificada en prismáticos, microscopios o radiografías, congelada en forma de vivisección, otra constante en la obra de Sanz. Como el desquiciado Raymond que la protagoniza, Marta Sanz escribe desde el balcón, desde su observatorio, y desde ahí transparenta las fachadas que siempre ocultan pasillos que son «el camino oscuro de la hez y del misterio de cada casa», con sus habitaciones interiores donde crecen hongos venenosos, como la terrorífica escalera vecinal de *Black, black, black*.

Y siguiendo con la coherencia entre sus novelas, también

9

aquí el contar es un arma mortífera, peligrosa en según qué manos, y decir es una forma de ejercer poder, de someter, de seducir para obtener algo. Ya sea un cuaderno destinado a otras manos, ya una madre que cuenta a su hija y al contar le arruina la vida. En todos ellos se oye respirar a la novelista que maneja sus materiales con el cuidado de quien manipula explosivos, consciente de esa capacidad destructiva.

En *Amor fou*, como en otras obras de Sanz, hay madres e hijas. La maternidad como frente de batalla en que se cruzan, a veces aliadas y otras combatiendo entre sí, la familia y la mujer; la familia como espacio de conflicto y piedra de toque de la moral dominante; la mujer como cuerpo sometido a diversas violencias y como condición social y cultural puesta en duda. Y junto a la maternidad, la infancia: las novelas de Sanz nos dejan un amplio catálogo de niñas perturbadoras, y *Amor fou* destaca también ahí.

Habiendo madres e hijas, surge inevitablemente otro elemento común a la literatura de Sanz: la fascinación por los cuentos infantiles, clásicos, con sus madrastras, brujas, hijos abandonados o devorados por progenitores que los odian o los quieren demasiado; todo ese aprendizaje de la crueldad que está en la literatura infantil, auténtica iniciación en el sexo, la violencia, la familia o la culpa, y que resuena en muchas páginas de *Amor fou*.

He dicho varias veces «violencia», y con toda la intención: Marta Sanz es una novelista de considerable violencia, aunque a primera vista no lo parezca. En sus novelas hay pocos asesinatos, poca sangre, pocas amenazas gruesas, apenas se muestra esa violencia convencional, para la que estamos preparados como lectores, que no tememos y no nos daña.

La de Sanz es otro tipo de violencia, más imprevista, más dolorosa, el borde de papel que te raja el pulgar al volver la página y se acaba infectando. Una violencia moral, propia de quien no escribe desde la amoralidad ni la inmoralidad, sino

10

desde la impugnación de esa hipocresía que solemos llamar moral. Una violencia también corporal, pues su escritura es muy física, anatómica, y el cuerpo es otro campo de batalla sobre el que ejercer la fuerza. Y una violencia social, sistémica, que en novelas como la propia *Amor fou*, escrita antes de este tiempo obsceno que ahora llamamos crisis, ya anticipaba el fin de la fiesta, la montaña de mierda sobre la que se construía nuestra felicidad (de nuevo, la felicidad), y la factura en la sombra que nunca dejamos de pagar.

«Cicatriz» es una palabra repetida a menudo en sus libros, y creo que define bien su literatura, su propósito. Recordemos qué es una cicatriz: la inevitable curación de toda herida, pero a la vez la persistencia de su memoria para no olvidar que un día nos hicimos daño.

ISAAC ROSA

Amor fou

Para Chema, mi marido

Raymond está delante de mí. Más gordo. Con la cara más ancha. La piel de los pómulos está tirante sobre el hueso y una papadilla le cuelga sobre la nuez ahora que, por fin, se ha desprendido de su barba postiza.

Mi marido, Adrián, está detenido, y no me explico por qué he invitado a pasar a mi visitante al salón. Mientras trato de ordenar los acontecimientos, de pensar cómo puedo articular mi relato para ayudar a Adrián, Raymond me interrumpe. Me molesta. No le he dicho que se siente, y él permanece delante de mí con un jipijapa blanco entre las manos y los pequeños quevedos ahumados un poco caídos sobre el arco de su nariz grande. Una atractiva nariz. Italiana. Hacía seis o siete años que no compartía habitación con Raymond. Supongo que quería tener la oportunidad de verlo de cerca para comprobar los cambios producidos en un hombre cuyas características físicas, hace algún tiempo, yo conocía palmo a palmo: la densidad de la piel, las venillas enrojecidas sobre la quinta vértebra, el olor del pelo, el número de empastes. Raymond da un paso atrás. Parece que siente miedo de que le abra la boca. No te preocupes, Raymond, no tengo ganas. Raymond ha retrocedido porque mi revisión ha debido de intimidarle un poco. Pero hoy más que nunca tengo derecho a intimidarle por la forma en que lo miro.

—Lala, ha pasado mucho tiempo.

De Raymond, podría dibujar ahora mismo la cara que se le ponía justo en el instante de eyacular dentro de su profiláctico. Un rostro bobo y convencional: ojos en blanco, sudor en la frente. ¿Lo más representativo? La babilla sorbida de la comisura de los labios justo cuando está a punto de caer sobre mí. Fascinada por estos síntomas de vulnerabilidad, yo quería repetirlos continuamente. Hoy no alcanzo a comprender cómo era capaz de conmoverme con ciertas cosas: espasmos, gemidos enfermizos, yugulares congestionadas por el esfuerzo. No alcanzo a comprender cómo las mujeres nos enamoramos de expresiones propias del retraso mental, mientras disfrutamos hacia dentro del gozo y podemos sonreír o permanecer calladas, como si estuviéramos comiendo, serenas para no perder detalle, para anotarlo todo mentalmente y revivirlo. También podemos gritar sin mordernos la lengua cuando la punta de aguja del placer deja de ser delicada y duele. Nos desgasta. Tal vez por eso amar a veces da pereza.

Con Raymond, yo era incluso capaz de detenerme donde se ubica el filo de violencia permitida en la caricia. Sin embargo, hasta con los gatos de mayor confianza hay que andarse con cuidado. Se les puede acariciar y restregar hasta llegar a un límite. Después, los gatos arañan o comienzan otro juego o huyen. Los gatos no se dejan matar de amor. Ni a palos, como los perros fieles. En sentido recto, yo sabía hasta dónde podía llegar con mis dientes sobre el terciopelo del pene de Raymond. Todos los penes son de terciopelo; no se trata, pues, de que solo el de Raymond lo fuera. En sentido figurado, podríamos decir que él era un gato confundido y que, antes de que yo pudiera apretarle demasiado la barriga, se encontró sobreexpuesto y salió disparado a esconderse entre las prendas de invierno del armario. Ahora parece que he de perdonar sus desapariciones, su barba postiza y sus gafas ahumadas. Parece que Raymond busca que le tienda encima del parqué y, ajena a la culpa que nunca he tenido, le arañe el vientre y le lama la fibra sensible que une el escroto y el agujero del culo.

Pero no, Raymond, yo ya no tengo ganas de esas cosas y te lo estoy demostrando con mi cara de asco. No experimento ni siquiera la comprensible y casi científica curiosidad de cerciorarme de que babeas de la misma forma que cuando eras joven. Yo solo quiero saber cómo está mi marido y comprobar hasta qué punto eres responsable de que lo mantengan en la comisaría. Porque eres responsable: has dejado caer el jarrón de cristal contra las baldosas, y ahora yo no voy a decirte: «Pero qué malo eres, Raymond, pero qué malo.»

Tal vez solo le llame tonto; de hecho, aún no sé cómo voy a insultarle, pero estoy segura de que algo se me ocurrirá. Derroché demasiada sinceridad e imaginación con este hombre como para no encontrar ahora la manera más eficaz de darle donde más pueda dolerle. Si es que al final concluyo que golpear a este ser sirve para algo. Este ser que sigue siendo el Raymond que yo conocí. Vuelvo a mirarle de arriba abajo. Sí, es el mismo.

—¿Lala?, ¿no vas a decirme nada?

Sé que he permitido a Raymond traspasar el umbral de mi puerta para tener la oportunidad de decirle cuatro verdades o, mejor, de permanecer en silencio mientras él está de pie frente a mí. He resistido durante meses la tentación de pararlo por la calle y de arrancarle de la cara su barba postiza. Sin embargo, no quería darle demasiada importancia a su persecución. Como si mis ojos no vieran y mi corazón no sintiese. Como si las necias palabras de sus acciones no llegaran a mis oídos sordos.

«No hay mayor desprecio que no hacer aprecio.» Eso es

19

lo que le decía a Adrián para evitar que cruzase la calle y le hiciera unas cuantas preguntas al inquilino de la cuarta planta de la finca cuyo balcón queda justo frente al nuestro.

Raymond, con su gran nariz italiana que corrobora esas correspondencias entre apéndices de la anatomía, permanece de pie delante de mí. Me doy cuenta de que es un niño travieso. Porque, en realidad, Raymond es un pánfilo. Incluso cuando se esforzaba por romper los jarrones de cristal de su mamá solo para que ella le dijese: «Pero qué malo eres, Raymond, pero qué malo.» En efecto, he dejado que entre en mi casa para tener el gusto de invitarle a salir. Hubo un tiempo en que ni siquiera me hubiera tomado esa molestia, pero ahora mi marido está detenido en una dependencia policial por culpa de Raymond, y creo que he de empezar a darle importancia a sus voluntades malignas. Aunque yo pierda los papeles y él se regocije en un poder sobre mí del que, de no haber sido por la vulnerabilidad de Adrián, carece desde hace muchos años.

Como debe ser, empezamos mal. Yo no le invito a sentarse. No recojo de encima de la mesa del salón los restos quemados de mi casa que estaba catalogando con el sencillo criterio de los recuperables y de los irrecuperables; él, por su parte, sonríe, señala un minúsculo busto de Lenin en la estantería y, simpático, entrañable, condescendiente, me dice:

—¿No te da vergüenza?

Raymond me tiende un cuadernito de tapas negras con el que quiere hacerse perdonar. Sin embargo, hay cosas que no van a arreglarse con literaturas. Ni con una débil capa de barniz.

Día 1

*No me lo puedo creer. Apoyo mis prismáticos en la baran-
dilla del balcón y casi saco la cámara de vídeo para grabar la escena. Son las once de una bonita noche de verano. Durante el
día ha hecho un calor insoportable, pero ahora la brisa refresca
las calles, los vecinos abren bien las ventanas y los visillos se ba-
lancean movidos por esa brisa regeneradora. Como un vecino
cualquiera, estoy apostado en un balcón que no llamaría exactamente mío y, con disimulo, de vez en cuando saco los prismáticos y me voy sorprendiendo más y más. Ellos, en el salón de esa
que sí es su casa, mantienen las luces apagadas y solo los distingo
gracias a la reverberación de un televisor, gracias a las titilacio-
nes amenazantes de la luz azul del aparato. En la esquina de
ese salón, que ya conozco como la palma de mi mano, también
se adivina el modesto, casi invisible, resplandor de la bombilla
anaranjada de una lámpara de mesa.*

*En estas callejuelas tan angostas, desde mi observatorio —sí,
posiblemente, esa expresión sea más precisa que la absurda com-
binación de palabras «mi balcón»—, puedo incluso oír la música
de un documental que acaba de empezar. Puedo oír la música de
su documental, del que van a ver juntos, mientras ella va sacando el pan, el cuenco con el gazpacho, la bandeja de fiambres y
quesos para la cena. Hasta para eso son tradicionales: ella saca*

21

las viandas, disfruta sirviéndole, agasajándole, y él se limita a paladear el momento. Después, frente al televisor, sobre la mesita baja, los dos cenan viendo el documental, justo delante de mí, que no puedo creer que se sonrían el uno al otro, que se hagan bromas y que, entre masticación y masticación de los salchichones, ella le acaricie la fina pelusilla del lóbulo de la oreja; entonces él deja de prestar atención a las catástrofes televisivas para darle un beso en la boca con los morritos apretados en forma de corazón.

La imagen va perdiendo nitidez a causa del temblor de mi pulso, las ruedecillas de los prismáticos se desajustan al ritmo de mi temblor, mientras veo sus cuerpos arriba y abajo sin que ellos se hayan movido ni un milímetro. Lo que más me molesta es no verlos en absoluto cuando se ocultan detrás de los tabiques que no puedo traspasar con mis prismáticos y me quedo imaginando escenas que me ponen la carne de gallina. Cuando estoy solo y soy un hombre reducido a ojo ciego, a orificio, a huevo enclaustrado en su corteza calcárea. Me traspaso a mí mismo por el agujero que soy y que no lleva a ninguna parte y me pierdo en esta soledad gaseosa con la que ni siquiera me puedo arropar. Como un vecino cualquiera, entro en el salón de mi observatorio y me dirijo hacia el cuarto de baño, porque de repente me han entrado ganas de vomitar bilis.

Con la mirada fija en el plano del agua del inodoro, llego a la conclusión de que son absolutamente felices. Pero no felices con esa felicidad tonta de olvidar lo que queda fuera de la cáscara. La guerra. Las malformaciones. El miedo. No. Ellos conocen el significado de cada una de esas palabras y, desde una felicidad que también está hecha de ellas, las combaten. No es que traten de obviarlas o de resistirse a sus tentáculos. Es que las combaten y, en consecuencia, su felicidad es una felicidad de memoria. Tampoco se han puesto de acuerdo para no hablar nunca de ciertos temas, para pasar por alto imágenes agrias que, si se revisaran un día tras otro, no se perdonarían. No es una fe-

licidad nacida entre las pelusas que ruedan sobre el parqué de su piso, una felicidad de dentro de las pelusas, surgida del olor espeso que emana desde el interior de las cajoneras para los zapatos. Tampoco es una felicidad pueril, ni una felicidad neurótica de «Soy feliz, soy feliz, muy feliz, completamente feliz, no me preguntes más, ¿no ves que intento convencerme a mí mismo de lo feliz que soy? Soy enormemente feliz». Me cago en la puta.

No es una felicidad egoísta de niño parapetado detrás de sus juguetes; de niño que llora cuando necesita algo que inmediatamente le es concedido por papá, por mamá o por la nani. Todavía hay algunos niños que tienen nani y, desde luego, son los únicos que pueden alardear de galeno propio. Los médicos siempre han formado parte de la servidumbre. Por tanto, la felicidad de Lala y Adrián, que carecen de un sirviente al que puedan llamar su médico, tampoco es una felicidad tonta ni ñoña ni ingenua, aunque quizá el último adjetivo no tenga nada que ver con el instinto maquiavélico de los niños propietarios de gente, esos a los que no les importa contener el aliento con tal de llamar la atención. No es la felicidad del loco ni del amoral.

Ellos no viven una felicidad emocionada y ramplona de familia numerosa que, por fin, encuentra a su perro perdido. Bobby también es feliz porque carece de noción del tiempo. Así que tampoco estamos hablando de una felicidad animal, de simio que despioja a otro simio. Aunque tal vez algo de eso sí que haya: los dos se enfurruñan cuando ella le aprieta los granos y las espinillas, y él se aparta con cara de mala leche y ella le reprocha que no le deje disfrutar de la emanación del chorrillo de grasa, de los placeres de la escatología y de la creencia en que sus manos curan; luego llegan las generalizaciones sobre que, en el fondo, él nunca le permite disfrutar de nada completamente: del último sorbo de licor al fondo de la copa, por ejemplo. Pero los dos saben que eso es relativo, porque ser feliz tampoco consiste en perder el carácter. Son felices porque se sienten buenos, porque han aprendido, porque son conscientes de su fortuna y de una

23

alegría que tiene que ver con lo que poseen y con lo que no poseen. Sin más aspavientos o vueltas de hoja.

Obviamente dispongo de pruebas para avalar mis afirmaciones. Tengo una cámara, datos, mis prismáticos. Estoy seguro. Los conozco de otro tiempo. No hablo por hablar.

Tiro de la cadena y las madejas de bilis rompen el plano del agua que se las traga y, después, vuelve a quedarse quieto. Al menos, físicamente me siento más aliviado. Esta felicidad de ellos, que escruto cada día, para mí ha sido hoy como una taza de manzanilla sin azúcar en un día de resaca.

Día 2

En cuanto a mí, yo soy el hombre que hace ya muchos años bajó de tres en tres las escaleras sin mirar atrás. Se agarró al pomo metálico del portal y tiró de él con todas sus fuerzas hasta vencer la resistencia del fleje y el peso del hierro. Resopló. Escuchó la precipitación y la fuerza de otros pasos que, sin esperar el ascensor, volaban detrás de él, persiguiéndole. El hombre que dio un salto para llegar a la calle, superando los dos últimos escalones, y echó a correr por la cuesta. Tenía como horizonte una plaza y el hueco salvador de una boca de metro. No miró atrás ni un solo segundo, pero seguía escuchando las pisadas de quien corría detrás de él. También oía su propio jadeo, la respiración que no se le cortaba del todo y que solo era un ruido interior que le impedía percibir los pitidos de los coches. Una voz que le estaba llamando a sus espaldas.

—¡Raymond!

Quien le estaba persiguiendo debía de llevar, ahora, los pies descalzos, porque él ya no escuchaba el golpeteo regular de unas chancletas. Sin embargo, tenía la impresión de que el cuerpo que corría detrás de él lo hacía cada vez mejor, más acompasadamente. Incluso era posible que llegara a cazarle.

—¡Raymond!

Yo soy el hombre que agrandó sus zancadas como si estuvie-

25

ra a punto de romper la banda de meta. Las agrandó como si en ese último esfuerzo estuviera convencido de que iba a vencer, pese a atisbar de reojo que otra osamenta, otra musculatura, se colocaba casi en paralelo a él y podía arrebatarle la victoria, cogerle por un brazo y cometer alguna barbaridad. No estaba seguro de qué podría ocurrir si quien le perseguía llegaba a alcanzarle. Quizá recibiría una patada en la boca o un escupitajo o una caricia que lo desmoronaría para siempre. Así que de nuevo aceleró.

Antes de saltar los torniquetes del metro y de perderse en una de las líneas, el hombre ya no sabía si seguir escapando. Estuvo a punto de darse la vuelta para buscar y abrazar a su perseguidora. Sentado en el vagón, le quedaba la duda de haber sido una víctima del síndrome de Estocolmo o un desagradecido. Un cobarde. Y, sin embargo, una sonrisa de superioridad se le dibujó en la cara antes de que el tren hubiera llegado a la siguiente estación. Le dolía el pecho.

Yo soy ese hombre, y ahora observo la historia de quienes son absolutamente felices pese a mí y a muchos como yo; o tal vez —y esto es lo que me atormenta— yo nunca fui una carga y me tienen que agradecer a mí, y a muchos como yo, su felicidad. Como si me debieran dinero, me tienen que pagar esta incertidumbre que, día a día, me hace perder la confianza hasta el extremo de revivir, casi a todas horas, aquella sonrisa perversa del tren. Su felicidad hoy me dice que el hombre del tren hizo el ridículo. Aunque golpeara primero. Me tienen que pagar ese esfuerzo de lucidez, esa conciencia de la degradación por la que, sin embargo, ellos no se han precipitado.

Todavía algunas veces miro a mis espaldas anhelando atisbar la silueta de Lala que me persigue y no llega a darme alcance.

26

—A mí no me da vergüenza casi nada, Raymond. Empezamos mal. Como debe ser. Decido callarme y esperar a que diga lo que ha venido a decir. Esta vez no pienso sacarle de ningún atolladero contándole una historia que le haga pensar. Como cuando éramos muy jóvenes y él tenía la cabeza llena de pájaros. Los pájaros me acechaban subidos a los cables del teléfono, y me picaban el cráneo. Yo me defendía con historias que no me sirvieron de nada.

Raymond deja el cuaderno, que yo no he querido recibir, sobre la mesa. Si a mí no me sirvieron las historias, no veo por qué han de servirle a él. Sin embargo, el cuaderno me tienta. Lo hojeo despreciativamente. Raymond saca del bolsillo de su camisa un cigarro y se lo lleva a la boca.

—En esta casa no se puede fumar. Ya se ha quemado. ¿Es que no lo ves?

Todo por incomodarle. Adrián tampoco podrá fumar ahora en el lugar donde lo mantienen retenido. Me pone muy nerviosa pensar que sigue allí, porque yo una vez también pasé por una comisaría.

Tenía diecinueve años y me encerré en una casa okupada. Estaba enamorada de Raymond. Sin embargo, en algunos acontecimientos de mi vida, él se negaba a participar.

Para arriesgar, hay que haber recibido cierta educación. En esta casa en la que solo fuma quien a mí me da la gana, el busto de Lenin que me regaló mi abuela seguirá encima de la estantería. Hago lo posible por que no sea una mera opción decorativa. *Merchandising* soviético.

Raymond podía pintarse la cara de rosa para celebrar en presencia de una multitud una fiesta de bienvenida al dios del sol, pero participar en una manifestación de obreros de la metalurgia reconvertidos a la nada le parecía una actividad mecánica en la que solo podían involucrarse seres con el cerebro sorbido por una máquina succionadora.

–Lala, yo no soy un borrego.

–No, no eres un borrego. Tan solo un payaso.

La cosa había quedado así en nuestra despedida.

El ambiente en el interior de la casa okupada era festivo, pese a que yo estaba lánguida porque Raymond no me había querido acompañar. Es vergonzoso el recuerdo de la juventud. Estuve a punto de salir de la casa muchas veces para ir a buscar a Raymond y pedirle mil perdones por ser tan loca. Iba a salir en busca del perdón de un muchacho que proyectaba asesinar a todos los miembros de la secta religiosa en la que militaba su madre; después se marcharía a una cabaña, escondida en el monte, para pintar retículas vegetales y piedras sobre un lienzo, para preparar *collages* con algarrobas y cardos. Recuerdo mis manos pegajosas, la repugnancia dulce de las algarrobas al ser desprendidas de las ramas del árbol. Solo para que no se enfadase, iba a pedirle perdón a Raymond, quien, mientras me besaba, me decía que él quería ser una *drag queen* embutida en un vestido de láminas de oro, teñido el rostro con un maquillaje bronceador. Raymond cantaría en *playback* «Goldfinger», agarrando el micro con la punta de sus uñas postizas. Movería sus uñas como abanicos. Estuve a punto de salir del encierro mil veces, porque sabía que Raymond era celoso y me había expresado su despecho:

—Si te pillan, nunca podrás ser funcionaria.

Siempre que yo me reía de los excéntricos proyectos de Raymond, él me acusaba de tener espíritu de funcionaria. Y lo tengo. Y es uno de los rasgos personales de los que me siento más orgullosa. Igual que de mi matrimonio. Igual que de mi capacidad de trabajo. Igual que de una disciplina, de una fidelidad y de una constancia de las que nunca me creí capaz. Dios os libre de las maquinaciones de los funcionarios que no tienen que preocuparse de cuestiones como sobrevivir y en periodo de excedencia revolucionan el mundo con método y rigor.

Sin embargo, el tiempo me ha demostrado que Raymond nunca fue socialmente un gilipollas: sus descabelladas ideas le han conducido a un éxito desde el que se me hace muy difícil entender por qué ahora está delante de mí como un niño malo que luce pantalones de lino y jipijapa, queriéndome hacer imposible una vida que me he trabajado a brazo partido. Una vida que a él no le interesa, porque no tiene plumas ni comida oriental ni horarios inverosímiles. Me visto de lana cuando llega el invierno, como chorizo y pan, mi despertador suena a las siete de la mañana. Disfruto con la postura del misionero. ¿Qué haces aquí, Raymond?, ¿por qué me estás mirando?

Día 3

Porque hay acciones que no dejan huella. Ni estigmas. Ni cicatrices. Ni culpas. ¿Qué son las cicatrices? Heridas que han curado. Derramamientos en el abismo, de los que se sale indemne y solo queda el regusto del vértigo en el estómago. El balanceo del vacío dentro del cuerpo al pasar por encima del hueco de un badén. El coche es extremadamente veloz, y las cicatrices se generan con la culpa y la culpa es una forma, más bien insípida, de enfrentarse al mundo. La sensación de tener que pedir perdón por todo a todo el mundo. Lamento mucho que la sopa que he preparado para ti no te guste. Estoy desolado por haberte invitado a cenar en un restaurante cuya decoración te horroriza. No sabes cuánto me pesa haberte llevado la contraria en un asunto tan fundamental para ti. Quizá es que no estaba de acuerdo contigo, pero como sé que no me lo vas a perdonar nunca, he decidido callarme, cambiar de opinión, prometerte que nunca más lo volveré a hacer. No quiero que veas en mi falta un signo de mala intención. Lo único que ocurre es que soy un poco torpe y que tengo un buen carácter que me está destrozando.

Nada de eso es del todo necesario. De esa costumbre nace la obligación de disculparse continuamente. El que recibe las disculpas encuentra ese gesto indispensable por parte de quien dice que lo siente. Lala y Adrián se disculpan por todo. Por lo que les

apeteció, por lo que consumaron y también por lo que se les que-
dó en puro deseo. Cínicos. Gente sin orgullo. Encantados de su
vidita y de sus concesiones a los que estamos enfermos y desqui-
ciados, y sufrimos de insomnio y de hemorroides.

Así que como todo eso es absurdo hay que subrayar, hasta
convencerse de ello, que hay acciones que no dejan huella. Las
cicatrices son hermosas. ¿Quién bebe una copa de ron mientras
piensa que una mancha del color del ámbar va tiñéndole el hí-
gado irremisiblemente? Hay acciones, sobre todo las que tienen
que ver con el cuerpo, sobre las que no se cavila. A no ser que
queramos perfeccionarlas. Las cicatrices son hermosas, pero solo
en el pliegue de algunas ingles. Las cicatrices de Lala y Adrián
son hermosas y pueden lucirse como un tatuaje en la rabadilla o
como una bolita metálica en la ceja. Las que a mí me queda-
ron, sin embargo, me han convertido en un monstruo. En un
fantasma de la ópera.

Quizá podría, como Marcel Proust, atravesar los cuerpos de
las ratas con alfileres y verlas retorcerse de dolor hasta morir.
Podría ver cien veces seguidas Salò *de Pasolini hasta conseguir*
una erección que me dejara la verga en carne viva por la tiran-
tez y la excitación prolongadas. Después, eyacularía suavemente
como si me estuviera curando de una enfermedad grave, como si
por fin el médico hubiera utilizado su lanceta justo en la rami-
ficación de la arteria que me iba a salvar de morir a causa de
un ictus. Podría violar niños con raquetas de tenis y comprarme
caniches adiestrados para el beso negro. Podría. Y mis cicatrices
serían cada vez más ácidas, más chillonas, mientras que las de
Lala y Adrián se irían diluyendo como el óleo desaparecido por
efecto de la trementina. No todos nos dañamos con los mismos
filos ni tenemos la misma encarnadura.

En el interior de la casa sabíamos que el desalojo era inminente. Nos entreteníamos rellenando con pintura de colores los trazos de los murales esbozados en los tabiques. Algunos, fuera, borraban una pintada: «Okupas, pijos de mierda». Hacíamos algún descanso para beber cerveza calentorra. Estábamos preparados solo porque lo habíamos decidido. No teníamos palos ni piedras con punta ni cajas de herramientas con las que fabricar armas mortales. Mientras pintaba y bebía a morro, se me superponían el miedo de salir y que Raymond me castigara, y el miedo de que dentro, cuando la policía entrase parapetada detrás de sus escudos, me hiriesen. Me concentré para no salirme de los bordes, pero siempre fui muy torpe y desbordé el perfil del dibujo.

Algunas de las personas que vivían en la casa ponían en orden los huecos entre tabiques que habían elegido como habitación. Algunos estaban allí porque no tenían otro sitio; para otros, para los pijos, para los que contaban con una casa familiar, con un trabajo, para los que incluso se deleitaban a veces en placeres sibaritas, para los que leían en inglés y en alemán, es decir, para los que ahora podrían estar cómodamente con Raymond orientando la cabecera de su lecho hacia el más providencial y energético punto planetario, era otra cosa. Yo no tenía nada que reprocharles a esos pijos de mierda.

Los unos y los otros dejaban doblada sobre el colchón la ropa de cama. Apretaban los nudos de sus mochilas. Regaban la plantita de marihuana expuesta al sol sobre el alféizar de un ventanuco orientado hacia el sur. En los espacios comunes, los okupas y los visitantes seguíamos entreteniendo el tiempo con la pintura y con el proyecto de *okupación* de otros edificios. Yo me sentía una impostora porque era escéptica, porque pese a mis esfuerzos por entusiasmarme no lo lograba del todo y a veces la pasión de los planificadores se me confundía en la mente con las frívolas especulaciones de Raymond. Lo que peor me ponía era reconocer algunos rostros involucrados hasta la médula en esos compromisos vitales y percibir que tampoco ellos estaban seguros. Aquella impresión me molestaba; sin embargo, lo único que importaba era estar allí. Eso era lo que la asamblea había resuelto. Yo no participaba en la asamblea, no vivía en la casa, no comía de su sartén ni me lavaba en aquellos cuartos de baño en los que me repugnaba orinar. En cuclillas sobre la taza, acechaba el rastro de los parásitos, las salpicaduras de fluidos que no me pertenecían. Tanta desconfianza me remordía la conciencia. Luego, unas horas más tarde, habría pagado con creces mis culpas y ya no tendría sentido que nadie me mirara con recelo.

—¿Y esta? No sé por qué hemos dejado que se quede.

—Vino con Chavi. Ya da igual.

Era lógico que no confiasen en mí. Tampoco yo hubiese tolerado meterme su tenedor en la boca.

Algunos vecinos de fincas colindantes se acercaron a la casa para decir adiós. Una anciana le besó la mano a Chavi como si fuera un príncipe. Chavi le había arreglado las tuberías y se había encargado, con un afán constructivo que aquella vieja solo era capaz de reconocer en las películas sobre la conquista del Oeste, de apuntalar la medianera. Chavi, incómodo, retiró la mano y acompañó a la mujer a la salida, regañándola por haber entrado en el momento más inoportuno. Yo no quise ver más. No soportaba la sumisión de la mujer, el desconcierto de Chavi. La gratitud entre figuras antagónicas: la vieja y sus zapatillas de andar por casa, la batita de guisar; Chavi y su pelo cortado a trasquilones, corto por delante y largo por detrás, los pantalones de rayas verticales y unas botas de campaña.

Hay ciertas cosas que no se pueden mirar; cosas por las que uno no debe emocionarse porque enseguida crece la vergüenza ajena. Como retama en el jardín. Una vergüenza ajena de flores amarillas. Escandalosa. Dejé de mirar y, sin embargo, la imagen me conmovía, incluso me hacía gracia: aquella mujer besaba la mano de Chavi como si este fuera un príncipe de Gales que la echaba de palacio con protectora amabilidad; después, el príncipe se dirigía a revisar los libros de la sala de lectura. No hay por qué retirar la mirada, pero un prurito de dureza me obliga a mirar hacia otro lado, para que la ternura no se me transforme en una emoción repugnante. No hay derecho. A menudo solo podemos fijar la vista en esas fotos que congelan apaleamientos públicos, masacres de inocentes, fotos de personas con la cabeza tapada que son conducidas hacia algún lugar. Un sótano. La panza de un helicóptero. El borde de una zanja o de un precipicio. Si nos concentramos en las imágenes tiernas, pasamos de golpe al bando blando. Al bando ciego: porque sabemos que las otras fotos existen –las de los apaleamientos públicos, las de gente con la cabeza metida dentro de un saco de arpillera rasposa– y, sin embargo, elegimos mirar las fotos bonitas, la viejecita y el rubor de Chavi, la escena entrañable que nos reconcilia con el ancho mundo. Y no podemos permitírnoslo. O sí. Y entonces aparecen, como dos enfermedades, la incoherencia o la culpa.

Adrián también me ayudó a comprender entre qué paralelo y qué meridiano del mapamundi se ubica la frontera, el corte de cuchilla, entre ser tierno y sorberse un moquito al recordar la infancia y la barata emoción que unifica al género humano en una hermandad injusta e imposible.

Quizá aquella vieja, mientras besaba la mano desnuda de sortijas de Chavi, se reía de él como las criadas malas que escupen en el café del señor antes de servirlo.

Chavi comentó que lo mejor sería meter los libros en cajas para que se estropearan lo menos posible. Justo entonces comenzamos a oír alboroto en la calle. Nos levantamos a la vez y corrimos hacia las ventanas. Chavi y algunos más pusieron otro palo atravesado en la puerta principal. Yo me olvidé de Raymond completamente.

Raymond, el que piensa que sabe jugar a todos los juegos, no sabe jugar a ninguno. Los contrincantes le sorprenden in fraganti haciendo las señas del mus. Los contrincantes le apagan los faroles. Raymond pierde en las estratégicas partidas de ajedrez porque los contrincantes siempre se anticipan a sus movimientos. Raymond nunca ha sabido jugar a nada, porque cada golpeteo del cubilete de dados, cada pequeña mentira placentera, cada envite, le parecen un pecado mortal. Raymond separa la inteligencia del instinto.

–Raymond, eres un necio.

Cojo mi paquete de tabaco de encima de la mesa. Ahora soy yo la que fuma. Raymond no enciende su cigarro ni se atreve a protestar. Yo vuelvo a coger su cuadernito y paso con el dedo las páginas deteniendo la vista en algunos pasajes particulares como quien revisa unos apuntes que se sabe de memoria.

Día 4

A Lala le llevé la contraria dos veces. Al dejarla y una más. No sé hasta qué punto una huida puede considerarse un argumento contra el discurso del otro, pero yo creo que sí, que huir es una forma deportiva de no darle la razón al contrincante. Es posible que ahora, apostado en la ventana de mi observatorio, esté de nuevo contradiciendo las razones de ese texto que Lala teje y teje y teje, sin ninguna intención de destejer a la caída de la noche.

Aborrezco este tapiz. Esta chapuza de alfombra confeccionada por la mano patosa de Lala. Al mirar el cañamazo por el envés, los nudos de lana son gordos, las puntadas son toscas y desiguales. Es un tapiz hecho con prisa, para cubrir el expediente. Ellos me dejan ver su labor por encima, pero yo soy una monja quisquillosa y, al mirar el cañamazo por detrás, he de descubrir que por debajo de los besos conmovidos de Adrián —ahora mismo parece que se le van a saltar las lágrimas porque ella le sostiene un minuto la cara y se le queda mirando— hay encías que sangran. El hecho de que yo los vigile tiene a la fuerza que cambiar su vida.

Soy un hombre que sabe que combinar los ingredientes de distinta forma, introducir un poco de agua en la probeta, desencadena una reacción química o la paraliza o modifica lo que está *previsto y era inmóvil. Soy un hombre convencido de que encender esta noche el televisor y ver el partido de fútbol puede alterar el resultado. Soy una monja quisquillosa que, al darle la vuelta al cañamazo del* petit point, *tachará el seis del boletín de notas y pondrá un insuficiente con su bolígrafo rojo. Ese día llegará.*

Las labores de mi madre son primorosas, Jesucristo se baña en las aguas de un río marrón y se convierte en un tondo colgado en el vestíbulo. Cuando tengo diecinueve años, mi madre reinventa el kitsch, *y yo persisto en mi afán por llevarle a Lala la contraria, aunque sea de un modo exclusivamente postural. «Su enfermedad de la espalda es postural, don Raymond», me dice el médico cuando me duelo de una lumbalgia ahora que ya no soy un efebo imberbe con priapismo: a veces, cuando soy joven, le pegaría manotazos a mi verga para que no curioseara, para que se asustase y fuese discretita como cabeza de tortuga. Por llevarle la contraria a Lala, me compro una labor de* petit point *con un ciervo de imposibles ojos azules dibujado sobre el cañamazo. Cuando viene a buscarme por las tardes, le doy la bienvenida a mi novia bordando el azul de los ojos de Bambi.*

—Lala, espera un segundo que acabe esta fila y nos vamos.

El reverso de mi labor es de una pulcritud que corrobora mi virtuosismo para esos trabajos manuales que a ella le alteran los nervios. Lala finge que el tiempo no pasa mientras yo acabo morosamente mi fila de petit point; *supongo que cuando paseamos sin cogernos de la mano en público, porque sentimos un poco de vergüenza ajena el uno del otro, va preparando alguna estrategia para castigar mi osadía. Al salir de casa, cojo mi abanico para no pasar calor. Aunque llevo años jugando con Lala a que soy homosexual, ella aún no se ha acostumbrado. No me cree a causa de mi priapismo y de mi devoción por su diente roto: el diente que recorro con mi lengua cada vez que la beso.*

Mañana me compraré un bastidor para trabajar más cómodo y para que mi recibimiento de Lala, en el salón de la casa de mis padres, sea aún más postural, más espectacular, a contra-

luz detrás de las cortinas, con mi aguja y mi hilo que traspasarán el cañamazo hasta que el horrendo ciervo se abulte y acabe exhibiéndose detrás de un cristal, enmarcado, sobre una pared de mi alcoba. Cuando soy joven y estoy con Lala, pienso mucho en mi obsesión por apartarla de mí; una obsesión a la que se superpone la creencia de que, si ella llegara a marcharse, yo no sería nada más que un personaje patético. Así que vivo en un estado de furia permanente y todavía no he encontrado respuestas. Ni siquiera me sé formular a mí mismo las preguntas.

No obstante, hoy no me refiero a esa forma teatral de llevar la contraria, sino a una más secreta y activa. No me refiero a la decoración de interiores que le proponía a Lala para que los dos nos comportásemos como personajes. No. Ahora, hablo de que yo solo le llevé la contraria a Lala dos veces con acciones que no se redujeron a la capacidad para dibujar una atmósfera. Me la jugué dos veces y hasta cierto punto, porque cuando huí tampoco pretendía marcharme del todo.

Lala entabla amistad con personas que a mí no me gustan y toma la decisión de encerrarse en una casa okupada cuando su desalojo acaba de ser anunciado por las autoridades. Quizá es que tuve una premonición, pero yo sabía que Lala no debía estar allí con el sucio de Chavi, con las chinches de las mantas y los peligros de derrumbamiento. Hice todo lo posible para que no estuviese. Hoy me pregunto si el hecho de que Lala no hubiera pasado allí esa jornada habría retardado nuestra ruptura. Tal vez ahora yo no estaría vigilando sus balcones para tratar de darle una explicación a una felicidad que no me pertenece.

Lala, pese a mis razonamientos y a mis chantajes, después de llamarme «borrego», me comunica:

—Te pongas como te pongas, mañana por la tarde estaré allí.

En ese preciso instante, yo me pongo la máscara de cometer pequeñas fechorías y compro unos esprays de pintura de colores y utilizo mi habilidad manual para algo más que emular a mi madre en sus tardes de evangelistas cosidos a puntadas.

Nadie puede verme, porque me ocultan las sombras de una noche sin estrellas y la debilidad de las farolas urbanas en ese barrio, dejado de la mano de Dios, en el que esos sucios han okupado una antigua fábrica de vaya usted a saber qué manufacturas. Soy el hombre enmascarado, el fantasma que anda, en esta noche de sombras y dispongo de tiempo para esmerarme. Tengo la absoluta seguridad de que nadie me va a descubrir y, además, sospecho que si me descubrieran me darían la razón. Así que puedo usar varios colores. Okupas, pijos de mierda. *Con la pe y la ka de kilo trenzadas por una greca rosa. Esa pintada barroca –ahora retrospectivamente es para mí una evidencia– es mi primera toma de contacto con la escritura artística, política y testimonial. Por su intención y por su estilo. Me expongo, desde lejos, para molestar a Lala o para abrirle los ojos a Lala o para castigar a Lala o para que Lala se me quede prendida al pecho justo un poco antes de que yo no pueda soportarla más.*

Me aparto para contemplar mi obra. No hay chafarrinones. Es una pintada estridente que mañana, antes de que Lala traspase esta puerta, le dará la bienvenida y la obligará a pensar en mí y en el hecho de que tal vez no merece la pena perder el tiempo de reír por culpa de unos sucios que ni siquiera son del todo trigo limpio.

No he podido aguantarme.

–Raymond, eres un necio.

Él no responde. Agacha la testuz. Merece la reprimenda; sin embargo, yo debería haberme callado, porque Raymond es de esos tipos que creen que aguantar la reprimenda es obtener el perdón. Le he dado una pista falsa, pero es que no comprendo cómo pensó que podía atreverse a jugar con nosotros. Cómo creyó que podía ponerse una barba postiza y disimular delante de nosotros con sus prismáticos negros y su barriga cada vez más hinchada de castañas dulces. Pensar que yo no reconocería su espalda fue una de esas ingenuidades propias de Raymond. El hombre que desapareció en una boca de metro, el que no estaba en ninguna parte mientras me hacían daño, ahora se empeña en rehabilitarse con violencia delante de mí. Las manchas que han ensuciado el recuerdo de Raymond hasta taparlo del todo son precisamente sus omisiones. Aquí y ahora, esta materialización y este subrayado de presencia se hacen innecesarios.

Raymond no estaba cuando, desde la ventana del primer piso, vimos cómo los policías acorralaban a las personas que, en el exterior de la casa, habían venido a apoyar a los que permanecíamos dentro. Apostados en cada bocacalle, los policías

40

obstruían el paso de los que luchaban por largarse de allí. La gente corría desperdigada de un lado a otro, como jilgueros dentro de una jaula cuyos barrotes hubieran sido rasgados por uña de gato. Cuando la policía los atrapaba, algunos eran conducidos a los furgones, otros eran apaleados en el suelo, otros se defendían enzarzándose en pequeños combates que acababan con la derrota del más débil.

Los policías pegaron una sola patada a la puerta y la destrozaron. Nos retiramos de las ventanas y la mayoría de nosotros bajó las escaleras y corrió hacia la puerta que acababan de derribar. Yo no. Yo me escondí debajo de una manta. No vi más. Todo sucedió muy deprisa. Recuerdo que, bajo la manta, procuré respirar lo menos posible para no morir asfixiada por los gases de los botes de humo. Recuerdo que cerré los ojos como la gente que, por miedo a la oscuridad, la niega apretando mucho los párpados. Tal vez es que no tenía costumbre.

Un policía retiró la manta y me agarró por los pelos. Una vez que estuve de pie, me arrastró por el brazo hacia el interior de uno de los furgones. Antes de entrar en el vehículo, eché la vista atrás y retuve unas cuantas imágenes que me volverían a la cabeza durante las setenta y dos horas que permanecí en la comisaría: la vieja que había besado la mano de Chavi mira desde su ventana. No sé si se está riendo o si llora. Chavi es introducido, de una patada en el culo, en otro furgón. Algunos animales domésticos de la comunidad quedan atrapados entre los cascotes. Otros vagan perdidos entre la humareda de la plaza. Pronto serán retirados hacia las distintas perreras municipales. Como una imbécil, como una inconsciente, me dan más pena los perros que yo misma. Después me digo que por qué no. Tal vez empiezan entonces mis primeros chispazos de reflexión sobre la ternura.

Vuelvo a recuperar fugazmente la memoria de Raymond

41

en el interior del vehículo que me traslada a la comisaría. Ya nunca podré ser funcionaria. Al carajo mi brillante expediente académico. Raymond, en lugar de comprenderme, se enfadará. Me abandonará, porque en el fondo él es el que tiene alma de *pater familias*. Aunque pretenda rebelarse y se finja homosexual para castigar a su madre y no comprometerse conmigo. Yo, por mi parte, no sé por qué tengo miedo de que Raymond me abandone.

Enseguida dejo de pensar en él, porque otro miedo –más inmediato, más físico– me atenaza. No razono. Me tranquilizo convenciéndome de que ya nadie me va a tirar del pelo. Me froto el brazo amoratado por la mano del policía. Nada puede ir peor. La cabeza me funciona como un péndulo y, después de haberme tranquilizado, algo me dice que ahora comienza la parte que más voy a recordar. No sé lo que es, pero lo voy a recordar y, por falta de costumbre, no voy a ser capaz de transmitírselo a otros. A veces he escuchado, tomando unas cañas, relatos de este tipo de episodios. Como si fueran aventuras. Yo no voy a poder distanciarme de este viaje en el furgón de la policía. Cuando por fin estoy capacitada para contar una historia es que, en el fondo, ha dejado de importarme. Nunca voy a ser capaz de contar esta con cierto sentido del humor.

En el furgón nadie dice nada y, al llegar a comisaría, pido que avisen a mis padres. Lejos del fragor de la lucha, del pánico de los que profesionalmente un día tras otro intervienen en refriegas, los otros funcionarios públicos, los oficinistas de la comisaría, han de ser más civilizados. Pido que notifiquen a mis padres mi detención. Los oficinistas de la comisaría se ríen mucho. Soy mayor de edad. Soy una pija mimada y me culpan por ello. Pese a todo, me seguirán gustando las gambas y los erizos, y los baños de sales. Por rabia, reivindico mi derecho a que me sigan gustando y a no tener que andar predicando con el ejemplo. Soy una niña pija a la que meten, con mucho rencor, en una celda donde se amontonan otras niñas pijas. Las policías femeninas que ahora nos vigilan son como las monjas de un internado. Las pijas hacemos lo que hacemos porque estamos hastiadas de nuestras *dolces vitas*. Durante un momento dudo, la cabeza se me aturulla. Pero no. Yo no estoy hastiada de mi *dolce vita*. No me aburro tanto. Si me paro a pensar por qué estaba en la casa, no encuentro una sola razón que no me avergüence por su simplicidad y por una especie de altruismo que en mi boca sonaría inmediatamente falso.

Estoy dispuesta a abjurar de todo y a prometerme a mí misma que no lo volveré a hacer, pero echo un vistazo alrededor y regreso al origen. Me duele el pelo. Me pregunto dónde estará Chavi, mi amigo, mi compañero de pupitre en la facultad de ciencias exactas, el chico para el que guardo los apuntes cuando falta a clase demasiados días seguidos. Soy tan burguesita que hasta me duelo nuevamente por los perros y los gatos que se han quedado perdidos, liberados en falso, desamparados, sin un dueño que les eche de comer o los proteja de la lluvia. Como si no me pudiera permitir dolerme por los perros. Me duelo. Por ellos y por sus amos y por mí.

Entonces aún no preveo que mis padres van a vagar por tres, cinco, doce comisarías hasta dar conmigo. Habrán pasado cuarenta y ocho horas hasta que les digan dónde estoy. Mis padres no confían en la policía ni en la justicia y ya están temiendo lo que me va a suceder dentro de este lugar. En la celda hace frío y nos dan una manta para diez personas. Una compañera pide una compresa. No hay compresas. Le presto un paquete de pañuelos de papel que no me han quitado del bolsillo trasero de mi pantalón. Un error imperdonable por parte de las policías femeninas.

Cuando me interrogan, no hay policías femeninas. Solo hombres. Ya no me acuerdo de qué me preguntan. Me dejan desnuda y me dicen que soy un engendro. No sé el tiempo que transcurre. No pasa nada más. No me pegan, no me cortan, no introducen ratones vivos por mi vagina, ni me sacan parte del intestino grueso por el ano. No me violan ni me dejan señales.

Día 11

—*No sabes cuánto te comprendo.*

Esas fueron exactamente las palabras de Adrián, según la trascripción de las mismas que Elisa llevó a cabo una noche en que estuvimos bebiendo juntos hasta que el gallo cantó en el corral de su casita de campo. Desde esa velada no han pasado más que cuatro días. A Elisa la encontré hace una semana en circunstancias que más tarde aclararé porque tienen que ver con la predestinación y con cierto sentido de la justicia cósmica, y entre nosotros surgió una corriente de común simpatía y entendimiento. Así pues, tras esa primera toma de contacto que me ha mantenido un poco al margen de mi cuaderno y de mis observaciones de rutina —a veces soy como un meteorólogo haciendo la guardia de cuarenta y ocho horas, a ratos dormito y después vuelvo a mirar el cielo y a comprobar las oscilaciones de mis aparatos de precisión—, ella me invitó a su casita de campo y su relato acabó en torno a las cinco de la madrugada. Era un relato sobre las cicatrices. Así que por fuerza debía interesarme. Elisa repetía:

—*Me dijo: «No sabes cuánto te comprendo.»*

Y tres minutos más tarde, después de darle un beso de buena persona en la frente, Adrián la dejó sola en el pisito de alquiler que en aquella época Elisa ocupaba. No fueron buenos tiempos. Acababa de salir de un divorcio, al que mejor habría que lla-

mar un abandono, y malvivía preparando caterings para comidas informales de empresa. Elisa había renunciado a toda la ayuda que su familia quería y podía brindarle. Volaba en libertad, pero también llena de melancolía. Adrián la dejó sola después de decirle, con su cara de bueno, que la comprendía, no sabes cuánto; la dejó sola justo después de que Elisa le hubiera enseñado su cicatriz. La cicatriz de su cesárea.

Elisa se tiende en la cama e invita a Adrián a acercarse. Muy despacio se sube hasta el pecho la tela de su blusón y deja al aire un abultado ombligo desde el que parte un grumo de encarnadura, una cordillera amoratada que se le pierde entre el oscurísimo vello púbico. Le ofrece a Adrián la parte de sí misma más vergonzosa y, al mismo tiempo, valorada. Por eso, coge la mano del hombre y le indica la trayectoria que debe seguir el dedo desde el botón del ombligo hasta el montículo camuflado entre su vello jasco. El dedo de Adrián sigue la ruta de la cicatriz, de arriba hasta abajo, pero justo cuando va a alcanzar la parte en que tal vez las heridas mal cicatrizadas podrían dejarse atrás, clausurando la memoria con una especie de cerrojo metálico de esos que suenan como una explosión cuando el tendero ha finalizado su jornada y decide por fin, rotundo, echar el cierre, justo en ese momento el dedo de Adrián se retira, pierde interés, se hace intelectual y caritativo en el sentido místico del término, y acaba transformado en un beso de buena persona en la frente de Elisa, que permanece echada en la cama en una posición absolutamente ridícula. Elisa cree que nunca volverá a ser una mujer erecta.

Adrián y Elisa tuvieron una relación casual. Se encontraron en la barra de un bar y entablaron conversación. Era una relación casual, pero inmediatamente Elisa se sintió protegida por Adrián, confiada, porque las manos de él apretaban el bracillo escuálido de ella cuando estaban hablando. Con una presión de las manos, Adrián llamaba su atención y le transmitía un afecto como de toda la vida. Adrián la miraba a los ojos y conversaba *en un tono de voz bajo, acariciador y, a la vez, ingenuo. Por eso, la primera noche se fueron juntos a dormir. Ella me contó emocionada que, en efecto, durmieron y que esa experiencia fue maravillosa. Parece mentira, pero Elisa algunas veces es una mujer blanda, casi cursi. No sé si es así por ser ella, Elisa, o si todas las mujeres en el fondo conservan esa brizna de pasividad, ese fermento de cuento de princesas, caballeros y dragones, que las lleva a experimentar orgullo si alguien las escruta en silencio y las acosa, si alguien finalmente las secuestra por amor y las ata a la pata de la cama y les pega una buena hostia porque las ama más que a nada en este mundo.*

Tal vez, lo que yo pretendo hacer con Lala es un secuestro. Lo cierto es que metería sus miembros descuartizados en una bolsa de plástico para que Elisa más tarde cocinara patas de Lala asada, paletillas de Lala con tomillo, Lalas fritas y dulces de Lala. Sin embargo, ¿qué ocurre cuando los gorriones se tragan una avispa? No me interesa ese tipo de canibalismo erótico, esa intoxicación; tampoco me seduce la idea de embadurnar con nata el cuerpo deseado para chuparlo y mordisquearlo como si fuera la pulpa de una fresa. Prefiero organizar una cena íntima y empacharme con mi amor del manjar que más me gusta. Después, juntos buscaremos la esencia del alimento ingerido, escarbando en la piel, lamiendo sus pliegues, oliendo el sudor peculiar que dejan, en las corvas o en las ingles, las salsas de ostras o las barquitas de riñones al Pedro Ximénez. A Lala le encantaban los erizos. Yo no voy a secuestrar a Lala ni a vendarle los ojos. Voy a rescatarla y a castigarla por las cosas que ha tomado y que no se merece. Lala ha robado botes de Beluga. Ha escondido huevos de codornices en los bolsillos de su gabán, y mi ojo lo ha recogido todo en un deuvedé. Ahora es el momento de encerrarla en el cuarto oscuro y llenarla de vergüenza con la proyección documental de todos y cada uno de sus hurtos.

Adrián y Elisa durmieron en la misma cama, y Elisa asegura que en verdad durmieron, que no era como esas veces que te acuestas con alguien, como quien no quiere la cosa, y empiezas con los roces, con los suspiritos, con los movimientos que, sin intención aparente, acaban desembocando en una especie de sonambulismo erótico del que, al despertar, no hay que sentirse responsable. Nadie tiene ni siquiera la obligación de recordarlo. Esas noches son desquiciantes porque el cuerpo ignora si va a satisfacer su curiosidad. Por eso, Elisa insiste en que durmieron con la placidez de los lactantes saciados y que al día siguiente, reencontrados en la noche, volvieron a irse juntos al pisito de alquiler de Elisa y fue entonces cuando ella le mostró su cicatriz y, con ella, era como si le mostrara su vida entera en una ofrenda. Y Adrián dijo:

—No sabes cuánto te comprendo.

Y cogió la puerta y se fue, porque tenía un compromiso que no era la cicatriz de Elisa. Elisa sintió que la despreciaba a ella y también a la hija que había salido por los bordes de aquella cicatriz. Tuvo ganas de quitarle a Adrián esa cara de buena persona para ver qué escondía por dentro.

Hoy Elisa ha subido a mi observatorio sus maletas y yo se lo agradezco, porque creo que no hubiera aguantado solo. Ha traído sobre todo menaje de cocina. Detrás de ella, ha aparecido una mujer enorme, rubicunda, que por debajo de su aspecto de matrona me ha mostrado algo que no cuadraba en esa fisonomía: una mirada. Estaba la mirada y aquellos zapatos, con enormes plataformas, escondidos por el vuelo de un pantalón con pata de elefante.

—Es Esther. Mi hija.

Viendo a Esther, no sé si puedo comprender mejor los horrores de los que aquella noche me habló Elisa. Me contó muchísimas cosas que aún no estoy en disposición de repetir, porque me provocan tanta indignación que no puedo tomar la distancia que requiere un relato objetivo y, por tanto, convincente. Sin embargo, cuando veo a Elisa colocar los cacharros en los estantes de la cocina me entra miedo. Cuando Esther me pregunta «¿Cuál es mi habitación?», camuflando sus ojos que me hablan

48

de una edad cortada de cuajo, una edad que aún rezuma un poco, noto que este observatorio es barrido por un viento helado, y el escalofrío que me recorre la médula espinal me devuelve a aquella noche, en la casita de Elisa, a las palabras de su narración y al pacto en el que tácitamente los dos estampamos nuestra rúbrica.

Cuando Adrián llega para hacerse cargo de los detenidos durante el desalojo, no puedo mostrarle más que la magulladura del brazo, el relato de mi desnudez y un rumor que ha llegado a mis oídos: alguien introdujo en el culo de Chavi el cañón de una pistola descargada y jugó a la ruleta rusa. No sé si es verdad o es mentira. Tal vez sea un rumor difundido por los mismos que, contemplando mi cuerpo desnudo, han dicho que soy un engendro. Es un rumor que, a medida que las horas pasan, me hace mucho daño.

Adrián es el abogado que viene a ocuparse de nosotros. Durante mi turno me dice que hay cargos contra mí. En el forcejeo arañé la muñeca del policía que me agarró por los pelos. El policía me ha denunciado. Los del Samur dieron parte cuando el policía fue asistido. Yo no logro recordar. Adrián ya sabe que fue un acto involuntario. Por eso paso setenta y dos horas detenida; por eso, durante los cinco años siguientes, firmo una vez a la semana en los juzgados y tengo la sensación de que Adrián siempre me sujeta cuando estoy a punto de desplomarme. Adrián me lleva la mano para completar la rúbrica, me humedece la boca cuando se me queda seca. Ese es el Adrián verdadero y no el de las narraciones enajenadas de Elisa que voy leyendo a saltos en las páginas del cuaderno de Raymond.

Por las acusaciones que pesan contra mí, estoy con Adrián más tiempo que otros detenidos. Cuando lo peor ha pasado, quedo con él un día en un café para beber unos daikiris. Nos miramos con timidez a los ojos y sorbemos de nuestras pajitas. Nos gustamos. No sabemos nada ni por qué. Somos tímidos y pequeños. Tengo la seguridad de que Adrián nunca me va a engañar. Le hablo de Raymond y Adrián lo entiende todo. Esa misma noche, sin que Raymond lo sepa, quizá mientras piensa que estoy en mi casa sufriendo pesadillas, mientras me castiga sin llamarme porque me merezco cada una de mis desapariciones y de mis tiritonas, mientras es posible que él coquetee con una niñata o con un hombre o ande buscando su disfraz de Shirley Bassey, Adrián y yo por primera vez dormimos juntos. Y todo se hace, por primera vez, muchísimo menos complicado.

Día 12

Aunque ya he dicho que soy el hombre que bajó a toda prisa las escaleras y también he dicho que soy el fantasma de la ópera, lo cierto es que el día que conocí a Elisa empezamos a trazar una teoría sobre la felicidad y también, como es lógico, un plan a partir de ella. Las teorías sin aplicaciones no sirven para nada. Elisa y yo somos amantes de casi todos los géneros literarios, desde el erótico hasta el negro, pasando por los libros de viajes y las novelas cervantinas de anagnórisis, de modo que la felicidad no es para ninguno de los dos algo concebible, mientras que las casualidades pueden llegar a poner las cosas en su sitio. Me encontré con Elisa por casualidad y, desde ese instante, decidimos que no podía haber pecado sin culpa y que los que eran felices, aun a pesar de todo, merecían un reglazo en la punta apretada de los dedos.

Yo estaba, como casi siempre, apostado en el balcón de mi observatorio cuando Adrián apareció con las bolsas de la compra. Tuvo que dejarlas en el suelo y rebuscarse en los bolsillos de los pantalones. Nunca encontraba las llaves a la primera. Yo estaba harto de reconocer gestos que había visto demasiadas veces; gestos que, sin duda, conforman el carácter de las personas. En apenas unos días, ratificaba y me sabía de memoria el proverbial buen carácter de Adrián. Y me aburría mortalmente. Me aburría viéndolo rebuscar las llaves y charlar con el enano que saca los cubos de la basura; me aburría cuando le observaba regando las plantas, acariciando a los perros del quiosquero, aparcando el coche siempre a la misma hora, haciendo la compra los sábados, yendo a buscar a Lala al trabajo, tomando una caña en el bar de la esquina con Rosa y Rubén, un entrañable matrimonio amigo.

Por supuesto también estaba ahí Lala, que parecía no darse cuenta de la realidad, absorta en las buenas temperaturas y en el vuelo de los vencejos. Lala le coloca los rizos a Ernestina, la hija del matrimonio entrañable. Lala. Por último, me aburría ver a Adrián subiendo el carrito de la compra por las escaleras a sus vecinas artríticas y parkinsonianas.

Sin embargo, ese día, mientras Adrián buscaba las llaves y dejaba las bolsas en el suelo, me llamó la atención la presencia de una mujer, enjuta, pálida, de pelo muy corto, que interrumpía su marcha y se le quedaba mirando. Desde detrás y sin acercarse, la mujer se metía las manos en los bolsillos de un pantalón que le colgaba de los picos de las caderas. Se metía las manos en los bolsillos para ocultar la crispación de sus extremidades. La mujer miró a Adrián durante un segundo y se dio la vuelta. No quería encontrárselo de frente.

Dejé los prismáticos en el suelo del balcón y salí en busca de la mujer enjuta, de Elisa, que con paso apresurado seguía la línea recta de la calle y ya estaba a punto de doblar la esquina hacia la plaza cuando la alcancé. El perseguido se había transformado en perseguidor, y al tomar aire a bocanadas profundas y lentas reviví aquella otra carrera que me marcó para siempre. Las casualidades se buscan. El azar se construye. Podría haber dejado a Elisa perderse. Podría no haber dado importancia a su mirada asesina sobre el cogote de Adrián. Haber obviado la crispación de sus mandíbulas y ese alargamiento en el rictus de la boca que la afeaba sobremanera. Pero no lo hice. Y fui a darle alcance y corrí como entonces, como cuando era más joven,

*porque jamás hubiera imaginado que san Adrián pudiera des-
pertar en ningún ser vivo ese tipo de fascinación negativa, esa
repelencia de mofeta, esa atracción brutal que se había dibujado en el rostro rencoroso de Elisa y en su paso apresurado sobre
la línea de la calle. Era posible que alguien, igual que yo, hubiera descubierto quién era realmente Adrián por debajo del
cartón.*

*Elisa ahora es cocinera en un restaurante con estrellas de la
guía Michelin. Su especialidad son los postres. Proviene de una
inmejorable familia, pero trata de no depender del dinero de sus
progenitores. Vive de sus propios méritos. Es admirable. Yo soy
pintor y tengo éxito. Me he construido a mí mismo, porque, a
diferencia de Elisa, mis raíces son humildes. Pero enseguida me
fue bien. Encajé en este mundo.*

*Todavía recuerdo aquella vez que invité a Lala y a Adrián
a una de mis primeras exposiciones. Acababa de terminar mis
estudios y un galerista de provincias me animó a mostrar públi-
camente mi obra: lavadoras forradas de piel de leopardo y lienzos monocromos con un agujero. El agujero, en realidad, era
una protuberancia lograda a base de texturas de tierra super-
puestas. La serie de lienzos se llamaba* Estrella polar, *el símbolo
del agujero en el cielo que deja fluir libremente lo humano hacia lo divino y lo divino hacia lo humano. El símbolo invertido
de un volcán que comunica los magmas infernales con la vida de
los hombres. Les invité a los dos cuando ya eran pareja y yo ya
me había escapado corriendo hacia un vagón de la línea diez,
porque Lala me parecía tan golosa que temí que me devorara.
Que me fuese comiendo poco a poco las extremidades, los deditos
de los pies de uno en uno, hincando su diente partido en mi piel
casi infantil.*

*«Tienes los pies como un santo Cristo de limpios», me decía
mi madre antes de hacerse testigo de Jehová y de dejar de adorar
la cruz y de celebrar las navidades y los cumpleaños. Mi madre
no reparaba en que los pies de Jesucristo en la cruz estaban*

54

atravesados por clavos y manchados de sangre. Supongo que mi madre solo se fijaba en la calidad ebúrnea de la piel del Hijo de Dios. Mi madre se abstraía y borraba las llagas abiertas. Después sí reparó y se sintió tan aterrorizada como cuando le presenté a Lala y vio su sonrisa partida y provocadora. No, Lala no me iba a comer los deditos de los pies.

Como Lala y Adrián son tan progresistas y civilizados, vinieron a la inauguración. Eran una cosa minúscula y apaletada entre mis nuevos amigos. Sé que la exposición no les gustó, pero no me lo dijeron. Adrián con su traje barato, recién salido de una vista. Relamido y antiguo. Aseadito. Buen chico. Lala, con su bolso y su carpeta de apuntes de la universidad. Había perdido un curso por la estupidez de la okupación. *Lala no soportaba bien la carga psicológica de tener que ir a firmar una vez a la semana a los juzgados. Era como si toda su vida girase en torno a eso y, pese a su aplicación —ella que no perdía ni una sola clase, Lalita diligente que se presentaba a los exámenes en primera convocatoria, Lala que pasaba a limpio los apuntes y se organizaba calendarios de trabajo—, había perdido un curso, y era una mujer vulgar a la que parecía que no le importaba serlo y que se permitía el lujo de no admirarse ante mis cuadros mientras le iban creciendo unas gafas redondas sobre el puente de la nariz, futura profesorcita de niños que recitan la tabla de multiplicar; Lala insignificante y despreciativa, cariñosa por el hecho de haber acudido a mi llamada, mientras los críticos hacían comentarios excelentes y escritores primerizos se ofrecían a redactar textos para mis catálogos. En ese momento, creí que Lala ya no me importaba en absoluto, aunque entre adulación y adulación la buscase entre los invitados, como una persona ajena a la fiesta. La encontré mirando los tambores de las lavadoras forradas mientras Adrián la tenía cogida por la cintura y ella se dejaba instruir, no hablaba, no llevaba la voz cantante como cuando estaba conmigo. El mismo día de la inauguración me citaron para hacerme entrevistas, me sugirieron que me pre-*

sentara a un par de certámenes, estaba pletórico cuando Lala se despidió de mí:

—Raymond, felicidades, lo sentimos mucho pero nosotros nos tenemos que marchar ya.

La fiesta acababa de empezar y a mí me hubiera encantado que ella se interesase por mi triunfo y mi independencia, la culminación de mis proyectos; me hubiera encantado que fuese mi espectadora, una sin la que la representación carecía de sentido pero que había sido excluida del reparto de papeles; sin embargo, Lala se iba, esgrimiendo una de sus cínicas disculpas, no le importaba nada tener que irse, se iba porque quería, no tenía ninguna otra cosa que hacer, pero ella se marchaba. Adrián la cogió del brazo y, mientras salían de la galería, pude oír cómo le susurraba:

—Poco molesto. Muy virtuoso. Más canónico de lo que él mismo piensa. Lo venderá todo.

En efecto. Adrián tenía razón. De modo que, a partir de ahora, ni Elisa ni yo justificaremos nuestra economía, nuestros derroches o nuestra ociosidad. Elisa y yo estamos aburridos —ahora no tanto— y nos podemos permitir desarrollar teorías sobre la felicidad y mirar con un catalejo a los vecinos de enfrente o regodearnos en los recuerdos dolorosos como si fueran una colección de pinturas que contemplamos una y otra vez. Ya han quedado bastante claras las razones por las que voy a cometer mis minúsculos delitos. Y los llamo delitos porque estoy seguro de que lo son: no creo que el mal sea, en ningún caso, una cuestión de punto de vista. El mal es el mal y hay que castigarlo, pese a que existan males mayores y menores, pecados confesables y abominaciones escondidas bajo una manta al fondo del maletero de un vehículo.

Este ser sin ojos, sin oídos y sin boca que está frente a mí, reducido a las prendas que lo cubren –jipijapa, gafas, cuadernito, bulto colgante en bragueta suelta–, no entiende lo que echo de menos a mi marido.

Conservo un vívido recuerdo del que fue nuestro día siguiente. Adrián y yo habíamos dormido juntos en su casa. Se había afanado en ser un amante generoso y apasionado; tanto que me había hecho dudar que nos volviéramos a ver. Resultaba agotadora esa falta de método y control en las caricias. La costura de mis bragas se me clavó en la cadera al dormir toda la noche de costado, oprimida por el sorprendente brazo musculoso de Adrián. Mientras me ponía la ropa, pensaba que no se podía convertir en costumbre ese sentido trágico del descubrimiento del cuerpo, esos excesos, esa inexperiencia que, revividos por una mente madura, avergüenzan un poco. Así que deduje que aquello no se volvería a repetir y que yo no tendría necesidad de compaginar una doble vida que, por Adrián, estaba dispuesta a elaborar minuciosamente. De hecho, llevaba trazándola con tiralíneas toda la noche.

En mi doble vida, Adrián sería la oreja que me escuchase. No tendría secretos para él ni le haría promesas falsas.

Por el contrario, a Raymond, que se ponía casi furioso con las promesas, iba a jurarle matrimonios, eternidades, cláusulas, fidelidad, hijos, desgarro y autolesiones en el caso de que algo fuera mal. A Raymond iba a mentirle. Con esa compensación en la balanza podría muy bien amoldarme a la doble vida que me imponía el devenir de los acontecimientos. La renuncia no representaba para mí ninguna fuente de satisfacción. En definitiva, no se trataba tanto de renunciar como de quedarme con todo. Con Adrián, lo prematuro y extemporáneo del amor harían de cada encuentro un regalo o un remanso. En cuanto a Raymond, él me necesitaba tanto que pronto no podría soportarme: mi amor era tan voluntarioso que se nos iban a quebrar todos los huesos. Estaba cansada de esforzarme para que me quisieran, y el carácter condicional del cariño de Raymond me había llevado a buscar garantías. Y esa garantía llegó a ser lo único importante. Que Raymond rodara escaleras abajo, que otros dientes le amputaran los deditos de los pies. Raymond era una masa de carne sin ojos para ver ni oídos para oír ni boca para preguntar. Como ahora mismo.

No obstante, mientras me ponía la ropa, me iba desengañando, porque la pasión surgida entre Adrián y yo había sido violenta y nerviosa, torpe. Había sido como beber un vaso de agua con mucha sed y después sentir la saciedad en el estómago.

Adrián me miraba vestirme. Yo le formulé una de esas preguntas que no preguntan nada o que, de hecho, se interesan por lo contrario de lo que aparentemente preguntan. Lo que me gustó fue que le miré a los ojos y él no se escaqueó, no los cerró aparentando tener sueño o meditar:

—No me vas a llamar, ¿verdad?

—Claro que te voy a llamar.

Hubiera debido tragarme la pregunta. Hubiera debido ser yo la que impusiera un límite, ya que amaba a Raymond, o quizá no, o es que el amor no es tan excluyente como marcan las legislaciones, o es que existen muchas formas de querer que vamos parcelando para no confundir a los padres con los amantes, a los hermanos con los animales de compañía, a los hijos con los desconocidos. En cuanto a él, qué iba a decirme. Lo que me gustó fue que, mientras me decía que sí, no se acomodó la ropa de cama al cuerpo ni se metió el dedo en la oreja o desvió la vista hacia su brazo porque algo, de pronto, le picaba. No logro comprender por qué no me tranquilizó el hecho de que Adrián pareciera cómodo. Quizá es que no estaba acostumbrada a que mis objetos de deseo me llegasen de una forma natural sin tener que levantar bultos muy pesados que descansan en los muelles. Ahí estaba Adrián y yo no tenía que pedir, ni maquinar, ni elaborar; sin embargo, no podía ver nada de eso, porque no estaba acostumbrada a esa naturalidad de las cosas de la que he aprendido a disfrutar con el paso de los años.

Si recapitulo, me doy cuenta de que aquella pregunta, formulada con una negación que a su vez espera ser negada, marcaba las dos pautas de mi actitud con Adrián: la incredulidad en un amor gratis, un amor en el que a ratos me regocijo, al que no tengo que quitarle el polvo a diario, al que no peino con peines de oro como a una perrita caniche para que su pelo no se enrede y se haga turbio y sucio, y, por otra parte, la indefensión. Con Adrián decrezco, menguo, me hago una enanita que solo quiere que la protejan, que se da lástima, que recuerda las cosas horribles, prevé las catástrofes o transforma en pérdidas las mejores cosas, solo porque el amor de Adrián no cuesta trabajo, no hay que masajearlo, pulirlo ni limarlo como una escultura; solo necesito que Adrián me mime, me abrace, se compadezca un poco de mí y sea capaz de verme desde una posición en la que nadie me observa. Decúbito prono. Arrodillada. Hecha un ovillo. Llorando delante del espejo. Minúscula. Partícula. El doble inverso de esa mujer fuerte y dominadora que algunos se empeñan en ver en mí, tal vez porque yo hago fuerzas, porque me empino de puntillas para parecer más alta, meto estómago, saco pecho, respiro hondo, levanto la barbilla. Las circunstancias nos obligan a inflar la vanidad. Con esos hábitos, mi pregunta era un tintineo que sonaba en mi boca, y solo desde mi boca, como una jerigonza incomprensible:

—No me vas a llamar, ¿verdad?

—Claro que te voy a llamar.

Si la promesa se cumplía, tanta ternura, tanta facilidad, eran obscenas. Me marché a casa, comí, dormí una siesta turbia. No tuve tiempo de experimentar ni un poco de inquietud. A las siete de la tarde mi madre me dijo que había una llamada para mí. Era Adrián.

Día 13

Un día llevé, entre las piernas, una maceta con un tronco de poto dentro de un coche. Aquel trozo de madera, hueca de tendones y de líquidos, se podía quebrar en cualquier curva; a cada giro del volante, las hojas envejecían, se ponían lacias, amarilleaban contra los dobles cristales de las ventanillas. El verde de la planta se iba chamuscando por la incandescencia de lupa del sol contra los vidrios.

Tuve la certeza de que la planta no llegaría viva a su destino y de que mis intentos por mantenerla erguida, entre el vaivén del automóvil, eran infructuosos. Mi firmeza para que el poto no se moviese solo podía repercutir en una íntima vibración que iba a reventar las fibras que servían de esqueleto al cilindro del tronco. Cuando deposité la maceta en el suelo, experimenté la mezcla de relajación y de tristeza que nos invade al saber que el paciente ha muerto en la mesa de operaciones, que aquel ser vivo impotente como una cosa no iba a sobrevivir; supe lo que es la mezquindad de descansar con la desaparición de los seres queridos enfermos, y también descubrí que la mezquindad duele. Llevaba el poto a casa de mis padres porque yo no sabía cuidarlo. Se iba a morir.

Si al final hubiera sido yo quien se hubiese casado con Lala, habría empezado a vivir desde el principio una situación incó-

moda: dentro de la cabina de un ascensor, alguien deja la vista fija en los bultitos de plástico del suelo, alguien tose o da la espalda a los demás mientras observa cómo van pasando las puertas metálicas que se abren hacia el camino oscuro de la hez y del misterio de cada casa. Tengo que confesar que yo nunca hubiera pensado que las casas, los inofensivos pisos de las grandes ciudades, tuvieran heces o territorios salvajes, terraplenes por los que caerse. Esto, como muchas otras cosas, se lo debo a Lala. Es la parte de la vida que Lala me ha dejado y no sé si es una parte mala o buena. Lo que más me duele es que sé que yo nunca habría vivido con ella la felicidad que hoy contemplo desde mi observatorio mientras le cuenta a Adrián las historias de los vampiros que habitan su buhardilla y las de los que reposan dentro de la almohada sobre la que van a apoyar sus cuellos por la noche. Por sus gestos, estoy seguro de que le está relatando esas historias que yo ya conozco. Adrián se retuerce de risa, y yo me avergüenzo recordando que me tapaba las orejas, que no quería oír y que, después, me enfadaba con Lala porque ella insistía en ponerme la carne de gallina y en hacerme castañetear los dientes.

Hagamos, pues, algunas hipótesis sobre cómo podrían haberse desarrollado los acontecimientos. Contamos con nuestra experiencia, con nuestro conocimiento del mundo, con nuestras observaciones. Estamos en condiciones de aplicar el método científico para pergeñar hipótesis lo suficientemente agudas; hipótesis que nada tienen que ver con el vapor de agua que se intuye en la línea del horizonte de un desierto quebrado por la luz. Hipótesis bien firmes. Bulldozers *de hipótesis.*

Estamos casados y Lala deja de ser un nombre y se transforma en una mujer que se aclara el pelo con agua helada en el cuarto de baño para activarse la circulación sanguínea del cuero cabelludo: los vampiros nunca le agotarán la sangre por mucho que se alimenten de Lala mientras ella duerme; Lala es una respiración, un beso de saliva, un sobaco, tenso y sin depilar, agarrado al cabecero de la cama.

Como cuando éramos jóvenes, Lala hoy llega a nuestro hogar conyugal con una historia. Me cuenta que se siente vulnerable porque ya tiene treinta años y hay un hombre que nunca la ha tocado, que es casi un niño y que la hace temblar cada vez que lo ve acercándose a ella. Me dice que puede cometer trescientos errores y perder los papeles, me dice que me ama y que es una cobarde porque no entiende cómo una mujer se puede levantar una mañana teniendo miedo después de haber soñado con que el examen se aproxima, ya está aquí y ella nunca asistió a clase. Lala tiene la impresión de que debe rendir cuentas, pero no sabe a quién, no le falta de nada ni quiere cambiar nada, pero se asusta y se siente demasiado vieja cada vez que ese niño imbécil la hace temblar como las hojas de la planta que tanto me angustiaron en su inacabable desplazamiento de un punto a otro de la ciudad.

Lala me dice que ella debería tener bien agarradas las riendas dentro del puño y apretarlas y lastimar al caballo joven con un bocado prieto y que, sin embargo, su cuerpo es una superposición de capas de arena que se van a esparcir por toda la casa.

Yo me miro las uñas negras de pintura y pienso que Lala no tiene derecho a abrirme así su corazón cuando ya no puedo amenazarla con mi homosexualidad ni con mis deseos de ir a pintar las estáticas mariposas que cubren los techos de las cuevas en el Amazonas. Así que la observo sin hablar mientras ella me hace preguntas obsesivas, me pide un montón de opiniones que yo no estoy dispuesto a ofrecerle porque sé que ella, más tarde, agradecerá mi discreción.

Pero volvamos a todo lo que estoy pensando mientras sigo mirándola, y sigo mirándola incluso después de que se haya ido pegando un portazo involuntario que la encierra detrás de la alcoba. Estoy pensando que Lala empezó a lavarse el pelo delante de mí, a enroscarse los calcetines en los tobillos, a ponerse mis camisetas de Marlon Brando y a sentarse encima de la colcha con las piernas cruzadas mientras oíamos llegar a mi madre en-

tre el tictac del despertador. El despertador estaba sobre una me-
silla cubierta de galletas y profilácticos. A Lala por las noches le
entra mucha hambre y necesita tener a mano algo que llevarse a
la boca. Fue Lala quien empezó a recogerme el pelo detrás de las
orejas y me propuso que me cambiara la raya de sitio.

Volvamos a las hipótesis. Lala conmigo no hubiera disfruta-
do nunca del calor y de la luz de los invernaderos. En nuestra
vida en común, a Lala le duele la cabeza. Esta noche no se va a
dormir; dará vueltas en la cama como si tuviese fiebre y beberá
agua y tomará una pastilla para relajarse. Me observará con ren-
cor. Llegará al trabajo con ojeras, con ese rostro, limitado al lado
monstruoso, que nos devuelve el espejo oscuro de los ascensores de
los edificios de oficinas o de los cristales de los vagones del metro.
Aunque, claro, esta será su versión porque yo no estaré observán-
dola mientras se da pena, carga con un bolso al hombro que le
pesa como si llevase rocas; yo seré incapaz de recordar porque,
también según la versión de Lala, habré estado hablando entre
sueños como un ángel obediente que no se entera de nada, como
un niño que se ensucia con la tierra del parque mientras su ma-
dre tiene miedo de dos individuos que se van aproximando.

Pero, en fin, esto no ha ocurrido, pese a que sé que mi mar-
gen de equivocación es muy pequeño. Después de que Lala y yo
hubiésemos contraído matrimonio, todo el mundo habría asegu-
rado que yo era un hombre con suerte. Sigo con las hipótesis: en
nuestra foto nupcial, estoy radiante. Estoy radiante detrás del
cristal del marco de plata; río, arrugando los músculos de una
cara saludable y morena. Aún hoy, me miro en la foto y no oigo
mi carcajada porque el cristal me encierra dentro del marco, pero
la sinceridad de mi risa puede quebrar el agua sólida del vidrio
que me encierra. De qué coño me río. Sostengo a Lala por la cin-
tura y ella oscila hacia el extremo opuesto como un péndulo. Ella
tendrá razón cuando me diga que soy un ángel obediente, un
niño que juega ajeno al pánico, porque hasta hoy no he sido ca-
paz de ver, en esa foto de nuestra sala de estar, que Lala lleva los

labios muy rojos y está pálida, casi azul, y recela de la proximidad de mi brazo que la agarra para que no se caiga. Aunque, en el fondo, Lala no se cae nunca.

En nuestra hipótesis matrimonial, Lala sale de la misma alcoba en la que se ha encerrado después de hablarme de ese niño que le pone la carne de gallina, y me sugiere que no pase la noche en casa, porque necesita estar sola. Ha tenido la amabilidad de prepararme una maletita con los objetos necesarios para mi aseo personal: unas cuantas mudas, las zapatillas de andar por casa. Otra vez está exagerando como cuando yo la abandoné la primera vez, y después me olvidé de todo y comencé a visitarla asiduamente. Yo veía cómo se ponía nerviosa pero, al mismo tiempo, se alegraba. Sin embargo, en este preciso instante de nuestra hipotética vida conyugal, Lala me mira a los ojos, me tiende la maleta y después desvía la vista; espero que ese gesto esté lleno de vergüenza, aunque no podría asegurarlo: es la primera vez que la veo desprotegiéndose. Completamente sola, Lala reconstruye en cada minuto de esta noche vacía el fantasma de ese niño imberbe que la hace temblar cada vez que se le acerca, y ella quiere que llegue y que no llegue porque sabe que tendrá ganas de besarle en la boca y, al volver, no me encontrará a mí para ejercer una nueva simulación. Solo puedo decir que lo más probable es que yo me marche tal como ella me sugiere. Es más cómodo. Con mi marcha, Lala recapacitará y se sentirá enferma y niña; experimentará esa fragilidad que precisa de jardineros y de los cuidados especiales que solo yo le puedo proporcionar.

En mi hipótesis está clarísimo: me voy y, pese a mis expectativas respecto a la fragilidad de Lala, mi teléfono no suena, no retumba en el comedor de la casa de mis padres, ni en el taller, ni en ningún lado. Entonces, yo comenzaría a pasarlo mal imaginándome a Lala junto al muchacho que le lame todo el cuerpo para rejuvenecerlo; el muchacho enamorado le devuelve a Lala esa sonrisa tímida de niña vergonzosa que baja la cabeza cuando un hombre mayor le dice algo interesante; esa sonrisa que, en realidad, Lala no había dejado nunca de ofrecer a los extraños.

Pero lo que me haría perder el sueño sería otro pensamiento menos elemental; lo que me haría perder el sueño sería imaginármela sola, preparándose la cena con calma, cortando y rallando los tomates para mezclar una salsa con olor a orégano y a hierbabuena, paladeando el sabor en la punta de la cuchara, olvidada de todo, retirándose sin prisa las pompas de jabón que le cubren los muslos en la ducha, antes de acostarse y de dormir bien.

Como digo, esa sucesión de imágenes me llevaría a tener un presentimiento demasiado tangible como para que no me hiciese daño: ella era fuerte porque debía de asentar sus raíces en algún lugar desconocido para mí. En mi hipótesis de trabajo, me acuerdo del tronco de poto y vuelvo a casa de mis padres, precipitadamente, desde el taller. El poto a la fuerza tendría que estar muerto. Lala y yo no podemos cuidarlo. Yo le echo demasiada agua y las hojas se reblandecen, y Lala lo roza, sin querer, con el tacto de una menstruación que mágicamente envenena el flujo de las plantas. No podemos soportar que el poto se agusane; o que se impregne de una película de saliva que deja olor a viejo después de que la lengua recorra la piel, el sabor amargo de la goma de los sellos de correos al fondo del paladar.

Vuelvo a casa de mis padres y doy rodeos hasta preguntar por mi planta. Alabo los guisos de buena testigo de Jehová que hace mi madre, pregunto por mis hermanos, por los nietos, por las próximas vacaciones, comento las noticias de los telediarios, incluso duermo la siesta para olvidarme de lo que me ha llevado a abandonar mi taller antes de la hora, para restarle importancia al hecho de que el poto probablemente ya no existe. Mi madre debería darme la siguiente explicación:

—Cuando lo trajiste ya casi nada pudimos hacer, el sol, que hubiera debido alimentarlo, lo torturaba, y, al abrir la ventana para que el aire lo refrescase, se colaban en el salón pájaros sinvergüenzas que le picaban las hojas y le iban quitando la carne a pedazos. Parecían buitres y no gorriones; hasta lo cubrimos con un plástico para protegerlo como a los niños de cristal... Pero lo que está de Dios, está de Dios, y no hay transfusiones que valgan.

Yo estoy esperando para contestar que lo fundamental es que me hayan ahorrado la angustia de verlo morir, pero nadie me dice nada y empiezo a sospechar otra cosa, aunque primero se me viene a la cabeza que mis padres son demasiado viejos y que se van haciendo duros y egoístas, duros hasta dejar de sentir interés por las guerras, hasta borrar por completo de su mente la desaparición de los seres vivos, hasta quitarle valor a la vida porque ya han perdido muchas y es imprescindible sobrevivir sabiendo que el resto, la última defecación, lo que se descompone, otra vez, será abono y nutriente y fuego fatuo, energía para un movimiento futuro... Pienso todo esto porque sospecho otra cosa y ya no puedo más y pregunto por mi planta, y mi madre sonríe y me conduce hasta la terraza y allí está el poto verde, muy verde, fuerte, indestructible bajo la luz.

Meto el poto dentro del coche en el asiento de al lado del conductor, y no me preocupo de si las hojas se desgarran enganchadas a la palanca de cambios. Me dirijo hacia un precipicio, hacia un puente, paro el coche, cojo la maceta, la levanto por encima de la barandilla, la suspendo en el aire, la suelto y veo cómo se estampa contra los ángulos de hormigón de las líneas dibujadas en el pavimento; la tierra del poto se convierte en una estrella o en un continente resumido en la abstracción irreal de un mapamundi. Muerto, con la apariencia suave y babosa de las verduras atrasadas en el cajón del frigorífico. No entiendo muy bien lo que he hecho, pero sé que tiene algún sentido.

La falsa fragilidad de las plantas me confunde. Las plantas no son frágiles. No necesitan de mis cuidados ni de mi compasión. Hay que desbrozar el huerto para delimitar el surco donde germinará la semilla. Retirar las malas hierbas del jardín, limpiar el bosque para que no prenda el incendio.

En mi hipótesis de trabajo, estoy a punto de regresar al hogar conyugal y sé que no encontraré a Lala entre un charco de sangre; no me mancharé al tocar una retícula de savia entre su pelo, savia blanca, cola que los niños se untan por las manos y después retiran poco a poco, como si los niños recordaran su antigua condición de reptiles que se desprenden de la escama para abandonar una forma ya vacía de su esencia. Sé que no encontraré así a Lala, por eso meto la llave en la cerradura y la giro silenciosamente y entro y procuro pisar por las tablas del parqué que no crujen y me voy aproximando, con las manos abiertas, hacia el cuello de Lala, que duerme tumbada en el sofá.

A Lala y a mí, en nuestra cotidianidad conyugal, nos crecerían los enanos del circo. El ambiente sería irrespirable. El pasado nos cobraría una factura llena de conceptos por los que, sin duda, habría que pagar. Así que insisto, ¿por qué ella con Adrián vive gratis?

Como si nada hubiese ocurrido nunca, Lala sacude las migas del mantel por el balconcillo. Es una cerda. Y no tiene remordimientos.

Ojalá Raymond pudiera oír todo lo que estoy pensando mientras lo miro y paso las páginas de su afectado cuadernito. Como es envidioso, le rechinarían los dientes, incluso le gustaría pegarme. Pero como es cobarde, además de envidioso, no se atrevería y otra vez, como es su costumbre, saldría corriendo. O quizá no, porque algo habrá aprendido a lo largo de estos años y entonces tendrá que saber, sin ejercitar esa lógica de la que carece, tendrá que saber por fuerza, con las tripas, que yo no lo voy a perseguir.

Sonrío para mostrarle a Raymond la muesca de mi diente como síntoma de mi delectación en los recuerdos.

Adrián y yo quedamos en una terraza. La noche era espléndida. Las luces de la ciudad, bombillas de cien vatios conectadas por un cable que va de un poste a otro, neones, velas de cenador, nos hacían creer que era de día o que caminábamos sobre un escenario alumbrado por las candilejas. Todos los transeúntes parecían buenas personas dispuestas a ayudarnos en caso de catástrofe. Nos cogimos de las manos. No tuve que concentrarme en su boca para forzar un beso. No tuve que quedarme mirando su boca fijamente. Dejé de sudar. Besé a un hombre que había recibido mi señal y no la rechazaba. No tuve que rozarle, como sin querer, para que me hiciese una caricia. De pronto, era absolutamente hermosa y no era preciso que me comportara de un modo especial para agradarle, porque ya le agradaba y se le notaba contento y no tenía ganas de irse deprisa por si le abría a la fuerza, con la cucharilla del café, una hendidura en la boca para que me diera un beso.

Las filigranas, los esfuerzos titánicos con Raymond eran mi obligación, mi obcecación, mi orgullo, mi arte, mi lado masoquista, y ya no me sentía capaz de desprenderme de lo que había creído que significaba amar a un hombre: la seducción es un tornillo que se va enroscando en una tabla. Sin embargo, tampoco me desprendería de esto otro que me estaba llegando con Adrián para reconfortarme sin que yo me hubiera esforzado en conseguirlo.

No sabe este ser sin ojos, sin oídos, sin boca lo que en el fondo le agradezco que desapareciese ni la falta que me hace mi marido. Adrián me inducirá a la benevolencia y me hará reinterpretarme a mí misma como una mujer diminuta y cariñosa cuando experimente el impulso de agarrar el cuello de Raymond y de apretar, apretar con muchísima rabia para demostrarle, en una impostura, lo fuerte y lo poderosa que soy.

Día 15

*Lala guardaba auténticos cadáveres en el fondo de un baúl,
la madre de Norman Bates momificada sobre su mecedora del sótano. Ya siendo una niña, Lala apuntaba maneras que a mí
siempre me escandalizaron y que, a la vez, me atraían. Lala quería ser muy normal y era como si no pudiese; por el contrario, yo
quería ser un maldito y, en el fondo, era demasiado normal. Por
tanto, me gustaba y me jodía estar con Lala y no resulta extraño
que alguna vez tuviera que salir corriendo para huir. Lala me recordaba lo que yo no podía ser y me abría la puerta para serlo.
Lala quería ser como el yo al que yo pretendía renunciar. Lo más
curioso es que nos queríamos mucho. Los dos. Ella me quería tanto que yo no lo podía creer.*

*Mi madre, como ya he comentado, es testigo de Jehová. Co-
lecciona los ejemplares de* Atalaya *y, cuando deja de ver los cana-
les de los predicadores, los hombres que sanan a los niños enfermos con el solo gesto de imponerles encima las manos, relee los
decálogos de razones por las que la Tierra será al final un paraí-
so. Hay un montón de decálogos y un montón de razones multi-
plicadas por diez. Así que sé muy bien lo que es la justicia. Mi
madre canta en el coro de una iglesia. La iglesia es un local en
un semisótano donde se reúne, un día sí y otro no, con sus correligionarios. Lo cierto es que recuerdo aquellos tiempos sin acritud.*

Uno de esos días en los que Lala venía a visitarme y nos acariciábamos durante horas mientras mi madre cantaba y mi padre trabajaba como una acémila —es bastante obvio, por tanto, que he logrado prosperar y que nada es ya como en aquellos tiempos de apreturas—; uno de esos días en los que a mí me encantaba ver cómo Lala me sonreía con su diente partido y con esos pulcros empastes dentales que la delataban como una golosa, como una voraz masticadora de chicles de fresa dulce, de polos crocantis y de piruletas de todos los colores; mientras la besaba solo con la puntita de la lengua y el calor de la saliva nos tapizaba el interior de la boca, que es una madriguera dentro de la que la comadreja se desliza para robarnos los huevos de las crías; en una pausa entre el besito y el beso más profundo, ella me contó que ya estaba casada. Entonces yo le retiré el pelo, mientras le advertía con mi voz de Baudelaire:

—Ya sabes, Lala, que a mí me da igual, porque yo nunca voy a casarme contigo.

En aquella época yo me rebelaba contra los preceptos de mis padres y de mis antepasados y quería ser un viajero, un inmoral, un desapegado de los afectos y de las rutinas de la vida familiar. Justo eso en lo que he logrado convertirme. Un rompedor de los esquemas y de los valores tanto de los creyentes como de los ateos y de los agnósticos. Porque con el paso de los años he llegado a darme cuenta, analizando las obras de la gente, de que Lala, sin creer en Dios ni en la santísima Virgen, era y es mucho más confesional que mi madre con su colección completa de revistas Atalaya y con sus ceremonias de bautismo a la orilla de cauces sin agua plagados de mosquitos y avispones. Lala me escuchó como siempre, como el que oye llover, como si estuviera segura de que yo podía decir misa, porque en el fondo me tenía completamente enganchado, y repitió parte de mis palabras para hacerme entender que no estaba de acuerdo. Subrayó, separando mucho las sílabas y alzando el tono:

—Ramón, no me gusta que digas esas cosas.

—En todo caso, ¿qué más da? Si ya estás casada, no importa que yo no me case contigo. Seremos siempre amantes, aunque tú ya sabes que no me llamo Ramón y que soy homosexual.

Yo quería ser como Boy George, como Adam and the Ants, como el cantante de The Cure. A veces me pintaba una raya negra alrededor de los ojos para sacar de quicio a mi madre. Le decía a todo el mundo que yo era homosexual e iba a los bares de travestis a ver sus espectáculos nocturnos mientras pensaba en lo asqueroso que sería que el señor de la barra, que olía a cucarachas de cocina y a zotal, me metiera la punta de la lengua en el pabellón auditivo justo como Lala lo estaba haciendo en aquel preciso instante. Yo decía que era homosexual mientras le tocaba a Lala los muslos y la esperaba en casa, muy excitado, justo a la hora en que mi madre, bendito sea Dios, cantaba en el coro con sus correligionarios.

Yo no era uno de esos homosexuales que permanecen impasibles mientras repasan con la yema de su dedo el arco ciliar de una mujer con las pupilas azul aciano, una mujer hermosísima que comba su espalda hacia atrás y se prepara para darse y se coloca a cuatro patas, creyendo que acaba de exorcizar, de convertir, de seducir a un hombre. La mujer de los ojos acianos, después, se encontrará sucia y absurda, a solas, en el salón, pensando en la resaca de mañana por la mañana y en toda la casa sin barrer. Yo no era ese homosexual fantasmagórico, porque con Lala me excitaba tan pronto y tanto que me daba miedo y buscaba excusas para evitar verme a mí mismo como un adolescente casado que vende seguros de vida, le ha hecho una tripa a su novia y acompaña a su madre a cantar en el coro. Así que lo repetí:

—Bueno, ¿sabes o no sabes que soy homosexual?

Lala se rió por mi declaración, pero yo pude notarle que estaba molesta porque a veces necesitaba oír que las cosas serían como a ella le daba la gana y nada más. Necesitaba oír de mis labios alguna declaración de amor más allá del espacio y del tiempo. Así que estaba dispuesta a herirme. Yo me lo había ganado.

—Entonces, voy a contarte lo de mi matrimonio.

—Lala, tenemos diecisiete años.

—Amor, a diferencia de ti, que eres un lelo, yo fui precoz. Por eso ahora ando preocupada por otras cuestiones y tú estás empezando a aburrirme muchísimo.

No era verdad que yo la aburriese, pero lo de la precocidad sí que lo era. Lala descubrió su clítoris a los cinco años experimentando con frutas y verduras. Paradójicamente, los celos me produjeron cierto escozor en la nariz, porque los celos son algo físico que impulsa los puños hacia delante y a veces provoca el estornudo. También recordé que, en la partida de nacimiento de Lala, se leía Lala y no Eulalia o Larisa, porque sus padres eran una pareja de excéntricos. Sin embargo, yo me llamaba Ramón y había deformado mi nombre en un alarde de exotismo.

Recordé que Lala hizo la comunión por disfrutar de la fiesta y que el convite, por lo que ella misma me contó, fue una especie de bacanal romana en la que Lala lucía una guirnalda de flores azulonas y de la que solo recordaba la acidez de un postre de frambuesas y la textura de una única hostia pegada contra el cielo azul de su paladar. Yo me veía vestido de pobre, con un hábito y un crucifijo de madera que me doblaba el espinazo, recitando las frases del catecismo, sin estilográfica ni bacanal, solo feliz de haber recibido sin morderlo al señor por primera vez. En las fotos, soy un niño con los ojos dados la vuelta, mirando hacia arriba como algún ermitaño santo de un lienzo del Barroco o, por ser fiel a mi pulsión homofílica de entonces, como un San Sebastián. En la época en que comulgué sin alegría, mi madre aún no se había hecho testigo. De hecho el noventa por ciento de los testigos no nacen, se hacen. El diez por ciento restante nos deshacemos cuando nos enteramos de que se nos prohíben los trasplantes de hígado y las transfusiones.

Lala se retiró de mi lado y tragó saliva para dar comienzo a

74

su narración. Yo empecé a creer lo de su matrimonio y me sentí muy mal fundamentalmente porque esa idea me hacía sentirme mal, y eso era una contradicción. Confieso que se me escapó y que me arrepiento de que se me escapara, porque dije algo que a Lala no hizo sino darle más pistas para zaherirme:

—¿Y te casaste antes o después de hacer la primera comunión?

—Antes, bastante antes. Te cuento, que ya veo que sientes curiosidad: «Los niños tienen sus propias leyes, sus propios ritos y sus propias ceremonias...»

Los celos verdaderos son los que no se manifiestan en voz alta. Los celos verdaderos son los que Adrián siente cuando un compañero de trabajo me adula delante de él, y a pesar de la confianza que deposita en mí, se queda serio. Entonces yo le pregunto si está celoso y él me responde:

—Por supuesto que no.

Cambiamos de tema. Yo me siento halagada y, a la vez, no tengo que morir por estrangulamiento o encajar un directo a la mandíbula.

Dicen que la rabia del hombre es más saludable que la taimada venganza de las mujeres. Una furia homicida más disculpable por su falta de premeditación. Curiosos retornos de la animalidad, falta de gusto para percibir el admirable artificio del asesinato. Escasez de lecturas. Se prefieren los museos de ciencias naturales y las cabezas reducidas de los jíbaros a la sofisticación luminosa de un cuadro del XVII español. Adrián me protege sin que se le note. Yo también le protejo a él. Hay una correspondencia y un mecanismo, artístico y delicado, por debajo de todo ello. Todos necesitamos que nos protejan sin berbiquíes ni armas nucleares.

Adrián y yo estamos en la playa. A mí me gusta nadar. Me gusta meter la cabeza debajo del agua y notar todo el cuerpo, el costado, el brazo, la pierna, la punta del pie, en el impulso de la brazada, la coordinación de las extremidades, el acompasamiento de la respiración, ese órgano que te permite seguir viva debajo del agua como si el aire hubiera traspasado la superficie del mar y se quedara abajo, disponible para ser absorbido por los pulmones. Me gusta escuchar los sonidos metálicos de debajo del agua y abrir los ojos y aprehender la luz tenue de la profundidad. Me gusta nadar porque temo la fauna submarina, el poder de una resaca, los naufragios y la debilidad de los miembros, el frío abisal y, a la vez, domino mi brazada, avanzo, abro surcos, recorro trechos largos, alcanzo la orilla, me sumerjo y salgo a flote, domino brevemente lo que me da miedo. Resisto.

Saco la cabeza del agua y veo a Adrián, con el agua a la altura de las rodillas, metiéndose poco a poco en el mar. Cuando el agua le llega a la cintura, se zambulle levantando una ola que está hecha de salpicaduras, que no es elegante. Lleva la cabeza muy tiesa. Parece que no quiere que el agua se le meta en los ojos. Resopla. Abre la boca, convertida en el orificio por el cual el oxígeno entra y sale, entra y sale, hasta el mareo. Adrián finge dominar la braza, pero las puntas de sus pies tocan la arena. Adrián no sabe nadar. Mira para otro lado e, instintivamente, me huye. Entonces me acerco a él y lo abrazo. Lo cojo en mis brazos, protesta. Me voy alejando del lugar en el que hace pie. Él se agarra a mí como un niño histérico.

—Estate quieto. No nos vamos a ahogar.

La advertencia lo deja paralizado y, en la profundidad, lo sostengo por la espalda y él se mantiene inmóvil. Deja de parecerse a un niño histérico, a un perro en la bañera. Conseguimos relajarnos y flotar. Cuando las manos se nos arrugan como si tuviéramos cien años, impulso mi cuerpo y el de Adrián hacia la orilla, nos deslizamos en el agua y vamos a tendernos juntos sobre la arena. Nos atontamos. No decimos nada.

Día 16

A partir de ahí, todo fue un tormento. Lala sacó su muerto del baúl como si fuera una flor que se descubre entre las páginas de un libro. Como algo curioso y olvidado que produce sorpresa y alegría. Pero yo no fui capaz de verlo así y me iban entrando unas ganas terribles de vomitar, mientras Lala relataba:

«Era justo ese momento del día en el que la noche empieza a comerse las últimas luces de la tarde y las madres están a punto de asomarse al balcón para que los niños se recojan...» Lala hablaba en tercera persona.

Un niño, feo, mocoso, orejón, con los ojos oscuros y saltones, las piernecitas flacas, corre disparado hacia un grupo de niñas agrupadas en el centro del patio de un colegio. Una tiene un diente partido. En el grupo de niñas, las hay de parvulario, pero también alguna de primero y de segundo de egebé. M.ª Eugenia, la más alta, es ya de tercero y dirige el cotarro. Decide y organiza los juegos, porque las demás niñas la admiran y se sienten muy honradas de que una mayor les haga caso y las organice. Las niñas son unas súcubas. M.ª Eugenia es muy fuerte y da la impresión de que nunca van a salirle las tetas. Sin embargo, en algún momento, le brotará una pelusilla en la comisura de los labios. El niño feo, que sigue corriendo hacia el grupo de niñas como si fuese a darles un topetazo y a tirar al suelo al mayor nú-

mero posible, mete la cabeza en el estómago de la niña del dien-
te partido. Lo hace cada día. También cada día la espera en su
portal y le regala cromos y quiere jugar con ella en el mismo
equipo del pañuelo o del rescate, y protegerla en las búsquedas
del escondite cuando la tripa late por efecto de la emoción, y un
roce mínimo es el calambrazo de un cable pelado. Pase misí,
pase misá, por la Puerta de Alcalá. *El niño siempre intenta*
acertar el enigma:

—*¿Plátano o pera?*

El niño mira con intensidad a los ojos de la niña intentando
descifrar la fruta que ha escogido hoy para formar su séquito de
jugadores. La mira y trata de recordar el contenido del cabás de su
almuerzo: las servilletitas, los bocadillos envueltos en papel de pla-
ta, los bonnys y la redondez de las manzanas que su madre selec-
ciona.

—*¡Plátano!*

—*No, es pera. ¡Fuera!*

El niño es expulsado. Ya no podrá agarrarse a la cintura de
la niña del diente partido. La cola de compañeras y compañe-
ros que se le va formando a la niña en la espalda se parece mu-
cho a los rodetes del cuerpo de un anélido.

Por eso, cada día, el niño embiste para estar más cerca y
hacer notar su presencia y su rencor y su apasionamiento, y la
niña lo aguarda, prevenida, para amortiguar el golpe. También
como cada día, se siente abochornada por los ojos saltones del
niño y, a la vez, como una pava real, está muy halagada por el
amor tan extemporáneo, continuo y enorme que se le profesa.
Los topetazos, los cromos, las cortezas de los árboles que exhiben
sus nombres encerrados en corazones gordos.

La niña del diente partido aún mantiene al niño feo dentro
de su tripa cuando M.ª Eugenia *decide que ya basta, que estos*
dos niños se tienen que casar y que van a casarse de inmediato.
M.ª Eugenia *es tan moral como perversa. Inventa leyes extrava-*
gantes que a rajatabla hay que cumplir. Es cuadriculada e ima-

ginativa. Camina por los filos que unen las baldosas. Comienzan los preparativos.»

Mientras Lala reflexiona para colocar correctamente los materiales de su relato, yo, pensando mal, sospecho que tal vez M.ª Eugenia es una metáfora de mí mismo. Sin embargo, Lala me echa una mirada de «qué más quisieras tú», y sigue contándome en tercera persona su cuento.

«El niño es expulsado del grupo de las niñas con el encargo de congregar una cohorte de niños machos dispuestos a dar caza a la niña del diente partido que debe esconderse, resistirse a ser atrapada por los oteadores del niño feo que la busca porque la ama desesperadamente. No desea hacerle ningún mal, pero ella es demasiado pudorosa como para dejarse querer a la primera. M.ª Eugenia da las órdenes a diestro y siniestro, pero tiene mucho trabajo, una gran responsabilidad, y se va a buscar a otra niña, Soraya, que es rubia y bellísima, aunque se intuye que, al llegar a la adolescencia, será obesa, culibaja, muy mujer. Soraya tiene una pupila de color azul cobalto; la otra está partida por la mitad: un tajo es del mismo azul y el otro, amarillo. Soraya es hipnótica y emana tranquilidad. Es una diosa para la niña del diente partido. Soraya va a ampararla en su fuga, y cuando por fin la cacen, la ayudará a perfumarse y a vestirse, para la noche de bodas, con esencias y sedas de mentira.

La niña del diente partido tiene la sensación de que los minutos son larguísimos, pero deben de ser muy cortos, porque la noche cerrada no termina de llegar, e incluso cuando la ceremonia se consume y ella no sepa si es el día más feliz de su vida, algo que a la mañana siguiente va a darle prestigio o suciedades y expulsiones de los selectos clubes infantiles, las madres aún no habrán dado su grito de reclamo desde las barandillas de los balcones. Ese es el instante en que la magia termina y los niños abandonan su verdadero yo para fingirse otros, más jóvenes, mientras comen la tortilla de patata, se abrazan al peluche y piden que les dejen ver la tele solo un ratito más. Como si a los niños les importaran los programas de la televisión. Qué idiotez.

80

Ahora la niña novia tiene que esconderse entre las ramas de los árboles para que nadie la encuentre. M.ª Eugenia da el pistoletazo de salida, el margen para que la niña se oculte en el lugar más apropiado, mientras la cohorte de niños machos rodea al enamorado de los mocos colgantes, cerrando un círculo, con la mirada baja, de modo que ninguno puede ver dónde se oculta esa niña que no sabe si quiere que la encuentren. El tiempo acaba, y M.ª Eugenia da la orden de búsqueda. La cohorte de niños machos se extiende por el lugar de recreo como una bandada de murciélagos. Otean las luces y las sombras. No ven nada hasta que la propia M.ª Eugenia, con un gesto subrepticio, les indica dónde se oculta la niña novia, porque la persecución es un pretexto para iniciar el juego de verdad, para engañar a esa cohorte de machitos poco propensa a los matrimonios y a las cocinitas; o tal vez porque M.ª Eugenia intuye que la incertidumbre, los escondites, la desesperación de buscar y no ver lo que se mueve delante mismo de los ojos, el descubrir y el verse descubierto, provocan pequeños escapes de orina nerviosa y palpitaciones en el corazón. La niña novia, que se escondía entre las ramas de los árboles, es descubierta. Soraya, que había permanecido retirada, acude inmediatamente en su socorro. Va a asistirla en lo que ha de venir.

La niña es conducida ante la presencia del niño feo. Es mostrada. La niña novia actúa, da pequeños gritos audibles solo para perros entrenados, se resiste y se deja llevar. Después Soraya la retira a un rincón escondido del patio del colegio y allí finge que la peina y que la cubre con velos y flores. Soraya transporta el vacío de un lado a otro. Gesticula con los brazos y las manos como si sacara vestidos de un baúl. Coloca una nada suntuosa, que no pesa, alrededor del cuerpo de la niña del diente partido. La novia se ajusta la nada al cuerpo y se coloca los mechones rebeldes detrás de las orejas.

La cohorte de niños aguarda a ambos lados de unas escaleras que desembocan en la entrada principal del colegio. Arriba del *todo, M.ª Eugenia aguarda. Todas las demás niñas, las de primero y las de segundo, permanecen detrás de su imponente figura sin formas. M.ª Eugenia es un cilindro. M.ª Eugenia ahora es la niña papisa. Antes de subir al altar nupcial, la niña papisa obliga a los contrayentes a que beban agua de cada una de las fuentes que flanquean el arranque de las escaleras, desde cuya cima la papisa lo contempla y lo controla todo. La fuente de los niños y la fuente de las niñas. Los niños casi siempre tienen sed. Después de beber, los niños novios suben y la papisa los besa. La niña sacerdote, la niña papisa, esparce rastros de su saliva de regaliz sobre la cara de los contrayentes. El ritual ha dado comienzo.*

La papisa les pinta la uña del dedo meñique izquierdo con un rotulador amarillo y da instrucciones; la niña se levanta la falda, se baja las bragas de perlé y permite que el niño enamorado le dé un beso en un punto indefinido de su rajita. El niño pone sus labios en la ranura por la que las niñas hacen pis y nota cómo una gota caliente le resbala por la barbilla. Después la niña se sube las bragas, se recoloca la falda y espera nuevas instrucciones. Mientras la papisa señala los pasos que deben seguirse, el niño enamorado siente las manitas, ásperas de pegamento, de la niña novia, que lleva las uñas mal pintadas con un esmalte rosa. Los dedos ensalivados de la papisa M.ª Eugenia señalan exactamente hacia la curva del glande del niño; entonces, la niña novia coloca sobre sus palmas un pene a medio hacer, un poco amoratado. La niña novia juraría que es marrón oscuro. Cierra los ojos y le da un beso en la punta tal como la papisa le sugiere. También deposita allí un hilillo de baba. Para la papisa, la emanación y el trasvase de fluidos es el símbolo de que dos se han hecho uno. A la niña le inunda la nariz un olor parecido a la lejía, un olor que le da asco.

El niño se sube muy deprisa la cremallera del pantalón y se va corriendo con algunas lágrimas en los ojos porque le aprietan las costuras y el pito le duele como si se lo estuvieran estrujando dentro de un puño. Al niño le vibran en el interior de los tím-

panos cuerdas tensas de violines. Todos los niños murciélago le persiguen, pero no con la rabia de los linchadores, sino con cierta admiración. Son una escolta. Protegen al primer niño novio que ha entrevisto la precisión de filo del sexo de las mujeres, sexo como una figura de papel que tuviera que desplegarse, con sumo cuidado, para quedar definitivamente acabada. A la niña le palpita un punto de su cuerpo que no es el corazón.

Las madres gorjean desde sus ventanas luminosas. El matrimonio ya ha tenido lugar. La papisa ha oficiado y ha establecido un vínculo que no se puede romper. Los niños no creen en el divorcio. M.ª Eugenia baja las escaleras del patio del colegio con una placentera sensación de vértigo.

La niña del diente roto llega a su casa como si luciera un manto hermosísimo de pedrería brillante que le pesa en la espalda. Soraya la sigue, de momento, con reverencia.»

—¿Lo ves, Raymond? Estoy indisolublemente casada.

Lala se colocó un poquito de saliva en la yema del dedo índice y me volvió a frotar el lóbulo de la oreja. Yo, como siempre, me quedé muy admirado. También estaba iracundo y más iracundo por estar iracundo y ser consciente de que conservar a Lala era condenarme a atarla a la pata de la cama y a hacerme testigo de Jehová, y no conservarla debía de ser algo muy similar a morirme o a atar a otra a la pata de la cama y hacerme también testigo de Jehová. Mi destino estaba escrito y se me llevaban los demonios, pero... ¿Y el destino de Lala?, ¿qué pasaba con su destino entonces?, ¿qué me pasa a mí ahora cuando no soy capaz de explicarme que alguien que ha vivido una experiencia como la del niño, la niña y la papisa pueda ser feliz mientras se pone una redecilla para meterse en la cama con un hombre que no es el niño enamorado al que le suenan cuerdas tensas de violines en el fondo de los tímpanos?

83

Raymond pensaba que debía cuidar de mí, pero no tenía ganas. Cuando me dejó, fue él quien se quedó con el estómago vacío, porque necesitaba una madre y una hermana y una mujer que le chupara la polla y, en general, le instruyese. Su aprendizaje quedó a medias y solo ahora que me pide, mucho más viejo, clases particulares, entiendo que yo he sido el verdugo y él mi víctima. Sin querer. Al olvidarle. El daño que quiere infligirme me vuelve inmensa como un monolito. Sin embargo, yo no puedo dolerme ni aprender nada de su cuaderno. Su cuaderno es la tienda de un anticuario: cosas viejas, cachivaches, fotos retocadas que no necesito volver a contemplar porque se han quedado impresas en la retícula de arrugas que me rodea los ojos, en el pliegue vertical que se forma debajo de mis labios cuando me río. Guardo esas fotos en el centro de mi estómago y de mi punto g. Forman parte de mi digestión y de mis orgasmos. Forman parte de mi manera de dormir. Su cuaderno, que huele a naftalina y alcanfor, no va a ayudarme a ordenar nuestra historia para rescatar a Adrián.

Cuando me paro a pensar por qué Raymond perdona y, sin embargo, ahora me pide perdón a mí, me doy cuenta de que soy una mujer y necesito justificar el quiebro entre mis vicios y mis virtudes. Pero yo nunca llamaría viciosa a mi preferencia por el cine pornográfico. Adrián y yo caminamos juntos por la calle y entramos en una sala X superviviente y nos reímos mucho. Yo no llamaría viciosa a la curiosidad por el enculamiento.

Raymond me exige explicaciones por la incomprensible brecha abierta que él atisba entre mi capacidad para gozar y mi asunción del matrimonio; entre mis viejas promiscuidades y mi conciencia tranquila; entre mis masturbaciones, la punta de la lengua sobre mi diente partido, y mi solidaridad obrera. Quizá la brecha solo exista porque soy una mujer. Quizá la brecha sea la misma que se abrió delante de los pies de Raymond al comprobar que mi única justificación para quererle era que me gustaba acostarme con él. Y eso no suponía para mí ninguna culpa.

Los hombres pueden fascinarse ante una doña Inés blanca que se les diluya entre los dedos en el momento de meterle la lengua entre los labios. Los hombres pueden contraer matrimonio con Venus negras o hembras esteatopígicas que les den hijos y les inoculen alucinaciones de fecundidad. La mujer para el hombre puede ser carne y tierra. Fútil elegancia. Molleja o vapor. Sin embargo, las mujeres no podemos satisfacernos solo con la carne de un hombre, porque alguien nos mirará por la calle y nos señalará con el dedo para murmurar que estamos enchochadas, que somos sucias, viciosas, que nuestro clítoris es un pellejo alargadísimo que refregamos contra las esquinas de los sanitarios del cuarto de baño. Las mujeres tenemos que buscar en los hombres sabiduría y templanza. Y puede ser así, pero no necesariamente.

Cuando me paro a pensar por qué amaba a Raymond, creo que su nariz y su pene oculto en el pantalón de lino eran razones más que suficientes para correr detrás de él. Él debería haberlo entendido. No lo entendió. Quizá la brecha exista porque soy una mujer o porque vivo en el lado equivocado de la realidad y no puedo descolgar el teléfono para decir que estoy aterrorizada. Que quiero poner una denuncia.

Raymond arrancó a correr casi inmediatamente después de que yo le presentara a Adrián. Desde que conoció a Adrián, Raymond contrajo los gemelos e inhaló aire. Fue tomando impulso hasta salir disparado por la puerta de mi casa, como si estuviera huyendo de algo distinto que su propia vulgaridad, su convencionalismo y su incapacidad para ser un hombre de mundo. Aparentemente, Raymond y Adrián se cayeron muy bien. Se apretaron la mano. Dieron por supuesto que yo estaría presente siempre que ellos se viesen.

Raymond no me sorprende con su cuaderno de tapas negras. Incluso a ratos puedo anticiparme a sus reproches y a sus cuitas. No me sorprende su caligrafía inclinada: él olvida que solo yo tengo esa capacidad para embaucarlo y dejarlo pendiente de un hilo.

Día 17

Lala no podía dejar su faena sin rematar del todo. Tenía que apretarme un poco más las tuercas para que yo me sintiese terriblemente herido y acabara siendo cruel. Entonces, ella tendría cosas que reprocharme y, aunque temerosa por el hecho de tirar de la cuerda demasiado, temerosa por romper lo nuestro definitivamente, experimentaría la satisfacción de ser la abnegada víctima que ama a su verdugo. Lala era la Venus de las pieles. Lala era Belle de Jour. Lala era mi madre y mi esposa y mi enfermedad. Mi ángel custodio y mi caja de los truenos. Mi sparring *y mi peor contrincante en la final de los pesos pesados.*

No sé si amaba a Lala o si competía con ella; sin embargo, sí sé que era bastante estúpido, porque ella no era una sufridora, ni siquiera en el sentido erótico del término. Aunque toleraba cierta dosis de violencia, es decir, la habitual de la posesión, a Lala no le gustaba sufrir. No me contaba historias para provocarme y que yo le negase la palabra o el orgasmo durante cuarenta y ocho horas. Me contaba historias para reafirmarse y construir una felicidad que yo intuía en otra dirección. Pero a Lala no le gustaba el sufrimiento y odiaba escucharme decir que yo era un adolescente homosexual, mientras pinchaba en el plato de mi tocadiscos el Ziggy Stardust *de David Bowie y la mi-*

raba de reojo esperando ver cómo se mordía las uñas con los primeros acordes de «Starman».

Lala, tan joven y en verdad tan dulce, seguía inventándose historias. Espero sinceramente que no fueran verdaderas porque imaginar la biografía de un asesino es ponerse en la tesitura de serlo, estar casi dispuesto a agarrar la navaja para cortarle la garganta a un extraño. En ese sentido, a Lala ya se le ha gastado casi toda la inocencia y está lista para ser electrocutada. No hay atenuantes.

Así que Lala contaba historias para corregir mi excentricidad y dejarla en ese punto justo en el que realmente vivíamos los dos, porque Lala se llamaba Lala y mi madre era testigo de Jehová, ella había sido una niña precoz y superdotada y yo era un autodidacta y un intuitivo con una envidia, una admiración, una reverencia y un priapismo enormes.

Ese era el punto justo de morbosidad y, bien mirado, ya era bastante, porque a Lala no le gustaba sufrir ni le gustaba vivir aventuras, y por esas razones en este instante la observo, sorprendido pero no tanto, la observo radiante de su felicidad, pletórica y enamorada, leyendo en el salón de su piso, sonriéndose mientras marca con un lápiz verde las faltas de cálculo de sus alumnos de secundaria, y de pronto suena el teléfono y ella va a cogerlo rápidamente y después de pronunciar «diga» la cara se le ilumina cuando exclama «Adrián» con entusiasmo y, al exclamarlo, emite un suspiro y un «no seas tonto», y después una ristra de formulismos amatorios que haría palidecer de vergüenza a cualquiera menos a ella, que los gime porque se sabe sola y porque es golosa y porque está segura de que también Adrián los mordisquea y los disfruta como si los «mi amor», «cielo mío» y «mi vida» fueran un palitroque de regaliz aromático.

Así que Lala tenía que rematar su faena porque había salido la cuestión de mi homosexualidad y eso había que corregirlo de una maldita vez. Si yo hubiera sido un homosexual auténtico, ella se habría retirado cortésmente. Pero a Lala le constaba que a mí se me ponían los ojos en blanco cuando me daba un beso lento en la madriguera musgosa de mi boca o cuando se levantaba desnuda para ir a hacer pis, y yo la seguía con la mirada y tenía que clavarme las uñas en las palmas de las manos para aparentar indiferencia, al menos cierta naturalidad, algo de costumbre.

Lala casi me raya el disco de Bowie al levantar la aguja del vinilo e iniciar el silencio que necesita para preguntarme:

—¿Tú has vivido de verdad alguna experiencia homosexual? Las niñas las vivimos continuamente y sin darnos cuenta.

Lala me contaba que la fascinación de las niñas por los cuerpos femeninos tenía algo de lésbico. Ella jugó a ponerse naranjas debajo de las camisetitas de algodón y se calzó tacones de aguja y se pintó mariposas destellantes en los párpados y las sienes. Disfrazó a sus muñecas con la indumentaria de la mujer objeto: un vestido de pedrería, un pañuelo de gasa, los velos de Salomé, el corpiño de la Dama de las Camelias, Sisí emperatriz con el pelo ondulado que le acaricia los talones. Lala había llegado a la conclusión de que en esos juegos no había ningún deseo de crecer. Tampoco se trataba de curiosidad respecto a cómo el propio cuerpo cambia y se llena de pelusas y de grasa y de sangre. Era sencillamente admiración, y en esa admiración y en ese deseo de ser así, como las mujeres desnudas que recortaba de las revistas sexi que a veces compraban sus padres, las mujeres desnudas que clasificaba en carpetas al fondo de su armario, en esa pulsión secreta y coleccionista, no se podía reconocer otra cosa más que una inclinación lésbica que, con el paso del tiempo, se había difuminado en una vaga creencia de heterosexualidad.

—No creo que debas ser tan dura contigo misma —le dije, en una pausa de su confesión, a la que era mi novia. Sin duda, una mujer especial. Lésbica, onanista, narcisa e irritante.

Entonces, Lala me respondió que no era en absoluto dura consigo misma, que a ella no le hubiese traumatizado asumir sus tendencias sexuales multiformes si estas no se le hubieran desleí-

do con la crispación que le produjo el beso que le diera su primer novio a los trece años; también afirmó que el hecho de calificar de «dura» la actitud que había adoptado consigo misma reflejaba, por mi parte, prejuicios que corroboraban su impresión de que mi homosexualidad no era ni siquiera un deseo frustrado, sino tan solo una pose. Por último, Lala cerró el argumento diciendo que además ella no se refería a nada de eso, sino a la vivencia exterior, pero real, de un episodio amatorio entre dos hombres. Yo le confesé que no lo había vivido en carne propia ni lo había visto en carne ajena, pero que sin embargo la relación que mantenía desde la infancia con mi amigo Liam, el vecino irlandés del segundo, bien podía calificarse de rara, ya que me encantaba dormir con él y disfrutaba oliendo su cuerpo de colonias de lavandas dublinesas. Chúpate esa, Lala.

—Ya —señaló sin inmutarse.

Y comenzó el segundo tormento, el segundo secreto inconfesable que Lala me relató como si fuese el último film que hubiera visto con su amiga Sonia en el cine de verano, mientras devoraban bolsas de pipas y bombones y gominolas con forma de cuerpecillos fosforescentes, casi radiactivos, de ositos gelatinosos.

—Yo estaba haciendo pis escondida entre el follaje de un seto del parque. Sonia y yo habíamos comprado un litro de cerveza y nos lo habíamos bebido. Sonia no suele tener casi nunca ganas de hacer pis. Lo aguanta bien y es una característica de la que se siente orgullosa, incluso la señala como rasgo distintivo de identidad, pero yo no podía aguantarme y me metí entre las ramas del primer seto que vi e hice un poquitín de fuerza, y entonces, cuando ya me era imposible detener el chorrillo de la micción, oí unos pasos que se acercaban...

Lala se hace invisible entre las ramas del seto y deja libre el círculo interior hacia el que se había vertido y depositado su charquito de orina; no se mueve, porque las pisadas están cada vez más próximas e incluso ha llegado a notar que el aire se desplaza en torno a ella. Una pareja de hombres invade su refugio.

90

Lala es una mujer que conoce el significado de todas las palabras y, por lo tanto, no tiene nada que temer. Los hombres se tocan la cara por debajo de la mandíbula y uno chupa la nuez del otro, dibuja el perfil prominente de la nuez con su lengua manchada por una capa blanca. Han bebido cerveza y han fumado. Se tocan por debajo de la camisa. Se pellizcan los pezones. Se besan en la boca, y el beso obliga al más débil a echar la cabeza hacia atrás, empujado por el ímpetu de la lengua del otro, por las embestidas en la pelvis y por el gesto adelantado del pecho del hombre más grande. Se meten la mano por el hueco de los pantalones, se desabrochan las braguetas y Lala, que conoce todas las palabras, descubre una que no sabía en ese instante y que yo aún ignoro. Aquí, Lala detiene su narración y me mira con superioridad.

—¿Quieres que siga?

Ella sigue. Sin que yo le diga nada. Los sexos de los hombres son enormes y duros y empinados. El más pequeño se pone de rodillas y el otro le hurga el ano, le mete hasta el fondo el dedo gordo, lo saca y lo vuelve a meter, da vueltas dentro del orificio hasta que se cansa; entonces, se tumba encima del más débil, lo aplasta contra el suelo y se restriega contra él. El débil lucha por erguirse y solo consigue ponerse a cuatro patas. Ese es el momento en que el fuerte coloca al débil, le hace oscilar por la cintura hasta conseguir una posición idónea, y se agarra el sexo con la mano derecha y lo mete de golpe en el ano del hombre a cuatro patas, que da un grito y se retuerce mientras el más fuerte agita la cabeza de un lado para otro y deja que un hilo de saliva le escurra por la comisura de los labios. El de abajo aúlla en voz baja, mientras el otro resopla, hace el gesto de negar con la cabeza, se tapa los dientes de arriba con los de la mandíbula inferior, se aferra a la cintura del más pequeño de los dos hombres, le marca los dedos en la piel.

Lala sabe que se tiene que quedar muy quieta, y ahora, en la casa de mis padres, llega a la conclusión de que su inmovili-

dad y su sentido del peligro eran la respuesta física de una for-
mulación racional. Las respuestas físicas a menudo son el fruto
de racionalizaciones que no queremos admitir, de las que no
queremos darnos por enterados porque hay otras racionalizacio-
nes que se cruzan y que nos hacen sentirnos indignos o culpables,
y provocan, por ejemplo, la respuesta física de andar con la co-
lumna vertebral doblada y las manos metidas dentro de los bol-
sillos. Como Elisa el día que la vi desde mi balcón.

Lala permanecía inmóvil porque de algún modo sabía que
cuando alguien descubre que ha sido observado mientras ejerce
un acto de violencia, mientras pega una patada a un perro va-
gabundo, mientras se humilla, mientras se deja dar un golpe, es
mejor no decir que has sido tú el ojo que miró desde detrás de la
cerradura o quien entró inoportunamente en una alcoba. Si te
manifiestas, te van a hacer culpable de errores que no cometiste,
de cosas que no dijiste, se van a justificar contigo o van a intentar
que tu silencio sea más grave que sus propias acciones. Tal vez
por eso a Lala le gusta quedarse quieta mientras yo la amo y no
protesta cuando ve que el carnicero le está cortando los filetes de
una pieza demasiado nervuda. Lala me dice que recuerde que
ser observado es importante y acaba:

—Pero esa es otra historia.

Cuando tengo diecisiete años y estoy enamorado de Lala
como un becerro, aunque no lo sepa, conozco la dimensión del
pánico, unida a la curiosidad: hay otras historias. No sé si quiero
abrir la puerta con la llave que Lala me tiende. Lala es mi Bar-
bazul. Hoy, cuando releyendo estas líneas me oigo risueño al re-
construir esos años, vuelvo a convencerme de la necesidad de cas-
tigar a Lala. Ya casi no me río y ni ella misma sería capaz de
imaginar hasta qué punto le doy la razón en ciertas cosas: obser-
var y sentirse observado son acciones y reflejos enormemente im-
portantes.

92

Raymond se puso a jugar a las casitas, justo delante de nosotros, con una mujer absolutamente loca que tanto a Adrián como a mí nos daba pena y miedo, porque –voy a pontificar– lo que da pena aterra, y lo que aterra se odia. Ergo odiamos lo que nos apena.

Desde el primer instante los conspiradores fueron descubiertos y obviados. Quisimos hacerlos desaparecer. Conejos dentro de la chistera. Lo conseguimos tan solo con entornar un poco los ojos. A ratos incluso los cerrábamos. Ellos durante una temporada dejaron de existir. No tuvimos que disimular mucho. Teníamos otros lugares a los que mirar. La tele, el crecimiento de Ernestina, mi trabajo en un colegio de monjas, los casos de Adrián, los proyectos para viajar en vacaciones, las visitas de Chavi. Mis padres se habían salvado milagrosamente de un accidente de tráfico y nos querían más que nunca: necesitaban compartirlo casi todo. La madre de Adrián nos llamaba por teléfono para contarnos sus visitas al ambulatorio, los volantes para cardiología y los cambios en la medicación. También nos concentrábamos en nuestros entresijos y habitáculos, en las paredes interiores de nuestra casa –el gotelé bajo la lente del microscopio parece una cadena montañosa cubierta por nieves perpetuas–. Notábamos intensamente la madera de la tarima bajo los pies. Nos gustaba lo que veíamos y lo que nos rozaba, nos sentíamos satisfechos y, después, un poco egoístas. Yo neutralizaba rápidamente el segundo de esos estados del ánimo o de la conciencia:

–Cuando uno contempla la lluvia desde detrás de los cristales, no puede andar preocupándose por todos los gatos callejeros del mundo.

Incluso por las noches nos olvidábamos de correr las cortinas.

Hasta que no nos dejaron escapatoria. La provocación se convirtió en un gesto peligroso, y mientras ellos se sentían progresivamente más invulnerables e impunes, Adrián y yo comenzamos a sufrir el desamparo. Sin saber a quién recurrir. Sin querer preocupar a nadie. Estábamos rodeados y solos.

Mientras tanto, Elisa salía de la casa y pasaba desapercibida entre las dueñas de los bares, las freidoras de torreznos o las nuevas vecinas de alto poder adquisitivo. Elisa podía mostrar el mismo aspecto de excéntrica que la propietaria de una buhardilla reformada, magnífica y colorista, luminosa e increíble, al final de la tortuosa escalera de un edificio de principios del siglo XX. A la vez Elisa se podía confundir con la trabajadora delgada de un bar del mercado. Ese poder camaleónico, esa forma de saber estar, se relacionaba con el desaliño y la vulgaridad fisonómica de Elisa. Con su predisposición innata para ser desagradable.

Raymond y la muda, agria, destartalada Elisa que yo conocí –los ojos desorbitados mientras sus dedos prendían una red sobre los omóplatos de una dulce niña–, Elisa y sus ojos de hipertiroidea formaban parte de la comunidad. No desentonaban. Eran pez en el agua entre las malas contestaciones del carnicero y las protestas vecinales por el exceso de ruido. Adrián y yo habíamos subido muchos carritos de la compra en una escalera sin ascensor. Habíamos sido silenciosos. Habíamos evitado celebrar fiestas incluso en las fechas más señaladas. Habíamos saludado en los rellanos a individuos que nos volvían la espalda o apretaban el paso para subir las escaleras. Elisa, sin embargo, había encajado fácil, lógica, previsiblemente, sin sobrecargas de cordialidad.

Cuando uno de los ojos que te miran sale de su escondite, todos los demás se manifiestan de golpe. Los tabiques se asemejan a la cola de un pavo real. Adrián y yo cerramos las ventanas, las persianas, las contraventanas, instalamos cristales aislantes para no oír a la vecina del primero poniendo a todo volumen el himno de la legión. Poco a poco, lo que nos había rodeado dejaba de ser inofensivo: el hombre con alzhéimer del segundo ya no era un viejecito sordo y sonriente, sino un ingeniero de minas, franquista y pesetero, con un deje autoritario.

—¿Siguen ahí?

Adrián me hace esta pregunta de espaldas al balcón. Me formula esa pregunta todos los días. Estamos nerviosos, y sin embargo parece inverosímil coger el teléfono y, como en las películas estadounidenses, llamar a la policía para informar de que dos merodeadores rondan la casa.

95

Día 25

Oigo la llave dentro del pestillo. Esther llega del instituto con la misma cara de siempre y pone un disco de Oasis a todo volumen. Esther habla inglés y cree que las letras de las canciones de Oasis son muy profundas. Sin embargo, no quiere descubrirme que al escuchar esos acordes entra en trance; su actitud es ridícula porque Esther contiene el deseo de expresar su emoción. Con ganas de poner los ojos en blanco, detiene sus párpados a medio camino y se lleva las manos a la cara para esconderse. Queda la imagen de una niña desgarbada y gorda que no sabe orientarse dentro de la casa en la que ahora vive.

Esther se parece a mí cuando tenía su edad. Pero tiene menos suerte y escribe listados extraños que yo encuentro cuando ayudo a su madre a inspeccionar, una vez a la semana, su dormitorio. No sé por qué Elisa registra el cuarto de su hija ni quién me produce una mayor curiosidad de las dos.

«Cosas que producen cáncer: el tabaco, el alcohol, ser abstemio, ser fumador pasivo, la promiscuidad está relacionada con los cánceres de cuello de matriz y el cunnilingus con los de garganta —del que chupa, obviamente—, las monjas no tienen estos cánceres, estos cánceres tienen su raíz en una infección, las galletas, los tomates transgénicos, los helados, las cremas pasteleras, los conservantes, los colorantes, todos los E-algo de los refrescos con burbujas, vivir en la ciudad, los tubos de escape, madrugar, la ansiedad en el trabajo, que no te quieran, estar triste, la grasa frita, la carne roja, el requemado de las tostadas, el amianto, las fibras sintéticas, las radiaciones de las centrales nucleares, los teléfonos móviles, las espinacas de un día para otro en la nevera, los repetidores, las columnas de la electricidad, los rayos equis, ser demasiado malo, los destellos de la televisión, los torniquetes del metro, los escáneres de los aeropuertos, las bandas magnéticas de las tarjetas de crédito, los collares fosforescentes, los bollos industriales, las palmeras de chocolate, las hamburguesas, el hachís, el detergente, el agua del grifo, las fotocopiadoras, las minas, el pan blanco, las barbacoas, los congeladores, trasnochar, el insomnio, la hipocondría, el miedo, los análisis de sangre, los círculos viciosos, las calefacciones de carbón, el sol, las cremas contra el sol, los antecedentes familiares, cánceres de mama, mujeres que se amputan las pechos antes de padecerlos porque están condenadas, el estreñimiento, la cirugía estética, la bisutería, la falta de aire, trabajar en un restaurante argentino, el chimichurri, los guantes de goma, los tapones para los oídos, las manoplas de la cocina, los champiñones, los níscalos, los suspensos, las fracturas, las setas de caballero, las colas de los cines, las catalíticas, la masturbación, el odio, el deseo de venganza, las armas de fuego, la guerra bacteriológica, las bacterias sin más, la guerra a secas, un grano mal curado, la quimioterapia, saber demasiado, un pelo, un forúnculo, las lesiones deportivas, los sillines de las bicicletas, los celos, hacer jogging, los mandos a distancia, ser demasiado bondadoso, los contestadores automáticos, el flipper, los videojuegos, el aire acondicionado, los tacones de aguja, el socarrat del arroz, la nuez moscada, la colonia barata, los productos dietéticos, el sedentarismo, la hiperactividad, la adicción al trabajo, la lectura, el sexo, la lástima, el pegamento, los rotuladores, los simulacros de fusilamiento, los quitamanchas, los antiinflamatorios, los esprays, los mucolíticos, las golosinas, los polos de hielo, los colores chillones, la música estridente, el chill out, el fracaso escolar, las amebas intestinales, los yogures, ser ignorante, los tintes para el cabello, los tubos fluorescentes, el embutido, las salchichas, el éter, el plástico, los programas de medicina en la televisión, las patatas, las mamografías...

Otros listados hallados en los cajones de Esther: enfermedades que no padezco, enfermedades que padezco, enfermedades que soy susceptible de padecer, posibles causas de mi muerte, razones para tener un hijo, un vademécum, dietas hipocalóricas, lugares a los que ir de vacaciones.

Esther camina por la calle con estos listados en la cabeza, es decir, va de puntillas, no toca las cosas, y cuando se decide a actuar, lo hace como si no hubiera remedio, como si todo el pescado estuviera vendido, compulsivamente, sin posibilidad de arrepentirse, entregada, resignada.

Esther me saluda y se dirige hacia las habitaciones interiores. Allí dentro se entretendrá con uno de sus listados. Es inofensiva y no me produce ninguna inquietud. Me deja sentado en el salón con las persianas verdes bajadas y la pequeña rendija dispuesta para absorber, a través de ella, con mi cámara, la llegada de Lala. Hoy ha traído un ramo de freesias olorosas y una barra de pan más tostada que de costumbre. No sé exactamente dónde se habrá escondido Esther, pero lo más probable es que se haya encerrado en su cuarto. Estará acariciando el gatito que el otro día se encontró entre unas cajas de cartón apoyadas en un cubo de basura. Se lo habrá metido por el escote de la camiseta, y el gatito, con los alfileres de las uñas, la lengua rasposa y los ronroneos, le estará pegando a Esther sus tiñas. La casa huele a meados. Pero, como no es una casa de verdad, importa poco. Dentro de unos días, la tiña de Esther será una diana hacia la que un arquero podría apuntar su flecha. Elisa y yo la llevaremos a un dermatólogo privado que nos cobrará seiscientos euros por una sola consulta. Pareceremos una familia.

La ciudad, el barrio, el hogar comienzan a ser espacios más claustrofóbicos que de costumbre el mismo día en que una niña gorda deja un paquete mediano sobre el felpudo de nuestro piso. Después baja cantando por las escaleras, tararea la letra de una canción con una voz que denota cierto oído para la música. El peso de las piernas de la niña gorda hace crujir la madera de los peldaños y yo, que la he visto salir del portal de su casa y esperar a que alguien entre en la mía para colarse como si fuera a introducir propaganda en el buzón, la vigilo a través de la mirilla mientras coloca cuidadosamente la caja sobre nuestro felpudo y baja las escaleras de dos en dos. La niña está muy gorda, pero no ha perdido agilidad.

Estoy en casa, pero hago como si no estuviese, como cuando llaman al timbre los vendedores de libros o de cursos de inglés, y no tengo ganas de atenderlos y me quedo sentada, inmóvil, para que no vean mi sombra por las rendijas o mi silueta detrás de los cristales. Reclamo mi derecho a no estar. A no comprar nada. Si llegaran a entrar, no sabría decir que no y me lo podrían vender absolutamente todo. A veces no quiero abrir porque temo agresiones y fantaseo sobre mi pericia para esgrimir un cuchillo de cocina o sobre la conveniencia de hacerlo. Después, me reconcomo por mi desconfianza. La mezquindad me hace pensar en gatos debajo de los coches y en la impotencia para salvarlos de una muerte segura entre las piezas de un motor calentito que repentinamente deja de ser una casa para convertirse en una trituradora.

Cuando por fin oigo que la puerta del portal vuelve a cerrarse, salgo al descansillo y recojo la caja. Voy a la cocina para tirarla a la basura, pero después pienso que no, que es necesario que Adrián vea lo mismo que yo. No paro de darle vueltas a la posibilidad de que sea una bomba. Raymond es muy hábil con las manos, podría haber sido cirujano, relojero, un chino virtuoso en el arte de la papiroflexia; podría haber sido mecánico de aviones o un dulce ginecólogo que se enfunda los dedos en sus guantes de látex. Su pereza y yo nos interpusimos para convertirlo en pintor abstracto. Además, Elisa y él saben de mezclas, pigmentos y gases para crear texturas y desencadenar reacciones químicas. Sabemos muy bien quién es Elisa. Adrián me lo ha contado todo. Sin embargo, ni el uno ni la otra tienen inclinaciones guerrilleras. La metralla es burda, y, por muy loca que esté Elisa, no creo que enviase a su propia niña gorda con un explosivo entre las manos.

Cuando Adrián llega, cree que le he hecho un regalo. Le explico la situación y Adrián abre el paquete despegando el celo que sujeta los pliegues de un bonito papel marrón con detalles en oro. Descubrimos otra caja de cartón blanco brillante como las que se usan para empaquetar corbatas. Levantamos la tapa y, entre un ambarino papel de seda, aparecen varias filas de bombones resguardados por una puntillita. Bombones redondos y rectangulares con adornos de frutos secos. Son preciosos. Ahora que ya hemos visto el contenido del paquete, le digo a Adrián:

–Los voy a tirar a la basura.

Pero él me sujeta la mano y, como si fuera una condena, tal vez como si quisiera creer que Elisa se había transformado en una buena vecina, elige uno de los bombones y se lo lleva a la boca. Antes de morder, mi marido analiza el bombón. Si Adrián lo prueba y no sucede nada, podremos dormir tranquilos. No, no solo eso, podríamos incluso invitar a cenar a Elisa y Raymond, hablar de los viejos tiempos, volver a conversar sobre meteorología con el carnicero o coger un taxi sin que todos los taxistas de la ciudad nos parezcan una pandilla de hijos de mala madre. Estamos rodeados y no tenemos escapatoria. Pero nosotros no tendríamos ningún inconveniente en volver a abrir de par en par las puertas de nuestra casa. Durante un ratito. Mientras dure la visita. Con cierto cinismo saludable. Queremos y despreciamos en la misma proporción a la mayoría del género humano. Adrián, por fin, muerde la golosina. La mastica despacito.

Día 26

No veo a Lala porque es la hora de no verla. Puedo contro-
larla por las mañanas, cuando, recién levantada, se asoma al
balcón para comprobar la temperatura y así decidir qué ropa se
pone. Hoy se ha puesto un vestido camisero y se ha recogido los
rizos en un moño alto con un pasador de madera. Lala es una
imbécil. Se pone vestidos camiseros porque cree que así no provo-
ca a sus alumnos, como si los muchachos jóvenes fueran a fijarse
en el cuerpo de una mujer que ya no tiene los muslos prietos ni
el vientre replegado dentro de sí mismo. Una mujer que no co-
noce a los Greenday, ni a otros representantes de la música rock.
Lala es una engreída y está blanda. Se le mueve la carne de los
brazos cuando los apoya en la barandilla.

Sin embargo, se la ve contenta. Puede soportar haber cum-
plido diecisiete, veintidós, treinta y cinco años. Está cómoda
porque cada vez que Adrián la coge por la cintura, su cintura
mengua y se transforma en el tronco apretado de antes. El re-
cuerdo de los dedos de Adrián modifica la cintura real de Lala,
y los abultamientos o las asperezas desaparecen por efecto de la
memoria y del deseo renacido de esos dedos: la memoria alimen-
ta ese deseo renacido que se hará recuerdo para nutrir otros de-
seos futuros. Intuyo que ese es uno de los resortes de su felicidad
física. Por debajo de las patas de gallo y de las canas que empie-

zan a salir, Adrián ve en Lala a una adolescente que lo lleva y que lo trae, que lo mangonea. Las patas de gallo se borran y la forma primitiva es recuperada gracias a la incapacidad de Adrián para percibir las incrustaciones parasitarias en la cáscara del berberecho, las erosiones en la masa del acantilado, las cacas de las palomas destructoras sobre la piedra rosada de la catedral.

Por eso Lala puede soportar verse de otro modo, ahora que el tiempo ha pasado, y no le importa que transcurran las milésimas de segundo que envejecen sus pantorrillas cada vez que sube un escalón o se ve reflejada en las lunas de los escaparates. Por eso Lala aún es ingenua y se pone vestidos camiseros; cree que la fascinación que produce cada noche en Adrián puede hacerla oler a mórbidos jazmines y que sus alumnos, cuando levanta el brazo para escribir en la pizarra la secuencia de un logaritmo, estén atentos al olor de sus axilas o a la tirantez que una blusa demasiado estrecha produce en su cintura levemente mostrada, sudorosa por el esfuerzo numérico y por la profesionalidad que la lleva a ser paciente un día detrás de otro. Ahora me percato de que hace mucho que no huelo a Lala. Antes olía a lechón recién nacido. Me huelo las palmas de las manos. Huelen al plástico de los instrumentos que manejo.

El olor de las personas es importante. Por el olor sabemos si alguien es rico o pobre, en qué trabaja, el puesto de hamburguesas, la obra, la tiza de las aulas, el intenso olor a colegio que se queda prendido del pelo de los parvulitos, las pinturas, las especias, el humo de las cafeterías, la gasolina y la grasa en los monos de los mecánicos. Por el olor sabemos quién es amigo de quién y el precio de los servicios que prestas. Las putas caras y las asequibles, las rastreras que hieden a espermatozoide y a pomadas para curar los hematomas. Las que no son putas y compran en las perfumerías esencias de Christian Dior. Por el olor sabemos lo que la gente come y cuáles son sus enfermedades: el aroma mentolado de las afecciones de garganta, las emanaciones derivadas de los problemas gástricos, el olor a pis de los enfermos de riñón, el ácido úrico. Por el olor conocemos los vicios y las virtudes: el alcohol, la nicotina, la cera de las iglesias. Y aunque ya casi se haya olvidado el instinto, por el olor podemos averiguar si alguien tiene miedo o si la ira lo reconcome o si está a punto de partirse en dos por una carcajada.

No sé a qué huele Esther. Quizá a hachís gomoso o a bollos industriales de chocolate. Las manos de Elisa huelen al metal de los cuchillos con los que filetea las pechugas. No huelen a los condimentos, a la sal o al azúcar de sus postres especiales, ni a las cucharas de madera con que remueve el chocolate. Esa característica también es un dato. Y lo repito: mis manos huelen al plástico de los instrumentos de precisión que manejo.

No veo a Lala porque es la hora de no verla. Sin embargo, dentro de quince minutos saldrá de la cocina y llegará Adrián y comerán juntos. Después la tendré para mí toda la tarde, mientras sestea y ve la televisión y lee y va de un sitio para otro aguardando la nueva llegada de Adrián con sus bolsas de la compra y su aspecto relamido. Cuando él llega, me sorprendo más si cabe. Soy un investigador que, cada hora que pasa, logra un nuevo descubrimiento. Más adelante, decidiré qué sustancias he de introducir en este platillo de moho fermentado para provocar una serie de reacciones en cadena. Y así un día detrás de otro. Miro a través de las lentes de aumento de mi microscopio hasta conocer los detalles de los microorganismos que recubren los zapatos de Adrián o que nadan en el agua que Lala bebe. Sé cuántos de ellos se desintegran cuando los dos se rozan, cómo se quiebran sus esqueletos traslúcidos cuando sus cuerpos contactan.

No alcanzo a comprender si lo más increíble es la placidez con que viven su rutina sin que les agobien los celos retrospectivos, la imaginación de Adrián en el centro de las piernas abiertas de su esposa en un cuarto que no comparten, el pensamiento de Lala sobre el dedo de Adrián que recorre un grumo de la carne abultada de Elisa y se mete entre las coletas de escoba de

104

Esther; a veces me pregunto qué es lo que se habrán contado para poder vivir en su paz conyugal; no sé si lo más increíble es eso o la atención que yo les presto. Les voy conociendo mejor y, si antes me aburría, ahora no me aburro en absoluto y gasto las horas en la ventana, sin necesidad de que delante de mis ojos estrangulen a mujeres o vayan envenenando, con disciplina y lentitud, al albacea de una herencia descomunal.

Al fondo, en la cocina, oigo cómo Elisa afila los cuchillos para trinchar el pavo que acaba de sacar del horno. Ayer preparó unos magníficos bombones, pero no me dejó probarlos.

—No puedo soportar que sigan ahí. Vivimos en un escaparate. Expuestos. Cada vez que me muevo de una habitación a otra, cuando cojo una cuchara o saco una cerveza de la nevera parece que estoy cometiendo un delito. Quiero que de una puta vez se muera Dios, Lala. No puedo más.

Adrián es ese tipo de persona que conserva amigos de todos los estratos de su vida. Adrián tiene amigos del colegio, del instituto, de la universidad, del barrio, del trabajo, de la familia. No los va olvidando por etapas, sino que los acumula. Tanta lealtad a él le llena y a mí me agota, porque los compromisos se van acumulando y ya no queda tiempo que perder. Para conservar ciertos amigos, Adrián miente a fin de no intranquilizarlos con sus actividades; a otros les ha hecho favores asumiendo grandes riesgos. Me dicen que soy una mujer afortunada.

Cuando nos conocimos, yo pasaba tardes enteras estudiando en su despacho. Allí empiezo a construir este perfil de Adrián que hoy esbozo. El despacho es un piso interior al fondo del pasillo de una corrala en el centro de la ciudad. Huele a polvo de fotocopiadora. No hay apenas ventilación. Es una cueva clandestina. Aunque nos miraran, nadie podría vernos. Somos *wallies* escondidos en lo abigarrado de una página. Yo me siento con mis libros de geometría, frente a la puerta de la calle, en el puesto de una secretaria que nunca existió, y cuando llaman al timbre, abro la puerta, recibo al cliente y lo voy acompañando por un pasillo larguísimo que desemboca en la oficina de Adrián. Adrián redacta pliegos de descargo y tranquiliza a las personas que acuden a él. Son personas que se avergüenzan de traspasar su puerta y que están habituadas a que nadie confíe en sus palabras, porque sus historias resultan increíbles. Otros vienen con relatos que, pese a su veracidad, los familiares, los jefes, los amigos se resisten a creer, porque necesitan sobrevivir.

Así pues, la cualidad para creer, para conservar y para hacer nuevos amigos es lo que mejor define a Adrián. También la compasión. Sin embargo, es obvio que en algunos momentos solo soy yo la que le importa y la que le ayuda. Al volver del hospital, tras el lavado de estómago, estamos solos y Adrián vuelve a preguntarme:

−¿Siguen ahí?

Y yo le contesto:

−No sé. No importa. Tal vez mañana ya se hayan marchado.

Adrián no ha puesto una denuncia. Le humedezco la frente con un trapito húmedo y no le reprocho nada, porque sé que si no ha arremetido contra Elisa, no ha sido por protegerla, sino porque Adrián es muy inteligente y debe protegerse a sí mismo. Los policías se hubieran reído en nuestra cara. La broma de una examante induce al abogado penalista, el de las asociaciones, el de los viajes a países bombardeados o en guerra, el de la firma de manifiestos por la preservación de derechos civiles, a acudir a la policía. Los antidisturbios disuelven las manifestaciones. Basta con que se coloquen a nuestro lado. Nos intimidan con su punzante soberbia democrática, con sus escudos y con la longitud de sus fémures. Los miramos de reojo y nos suenan las tripas. Sabemos que son más fuertes que nosotros, imaginamos lo que podrían hacernos de palabra, obra o con todo el peso de la ley, y basta con que alguien nos toque el hombro por detrás para que demos un respingo. A diario Adrián en los tribunales se pone enfrente de los comisarios y los tenientes. No sabe durante cuánto tiempo va a poder seguir haciéndolo, porque Adrián lucha por erradicar enfermedades que en apariencia no existen. Vaginas escarbadas y bolsas de plástico en la cabeza. Madres incrédulas que culpan a sus hijos de lo que les han hecho sus torturadores. Porque es imposible. Manifestantes acusados de terrorismo. Al fondo, un contenedor arde. Yonquis pateados en el hueco de una sucursal. Connivencia, aceptación, un talante comprensivo con los jóvenes racistas de los barrios periféricos. Mordidas en los feudos de los traficantes, mordidas en los prostíbulos, compensaciones en carne negra y turgente. Niños ladrones que aceptan la necesidad de que les golpeen y les abran una brecha en la ceja. A Adrián, en el fondo, le interesa la globalidad y su significado.

Vivimos una vida incómoda, feliz y necesaria. No es preciso que nos justifiquemos por vicios inexistentes. Resulta inverosímil que, quizá por una broma salvaje –queremos seguir pensando que se trata de una broma–, Adrián acuda a quien no le merece ninguna confianza. No puede permitirse el lujo de marcar el número de teléfono de la policía. Después de colgar, el comisario comentará: «Estos rojos tienen la vida de casa llena de mierda.» Seguramente, en sus conversaciones íntimas nos llamarán hijos de puta. Vivimos en esta violencia, en esta confrontación, aunque no la queramos ver, aunque no sea así a todas horas.

–¿Siguen ahí?

–Adrián, no puedo mentirte.

–Pero ¿siguen ahí?

Estamos solos y nos tememos lo peor.

Día 30

Aquella noche, en la casita de campo, Elisa rememora para mí cómo Adrián llama a su puerta y entra en el piso con la seguridad de quien sabe hacia dónde se dirige. Elisa no le ofrece nada de beber y, mientras se regodea en ese gesto de descortesía, en esa pequeña venganza, se va enterando, al hilo del discurso de Adrián, de que Lala existe y de que la relación casual que Elisa mantuvo con Adrián había sido fruto de una pelea de novios. Adrián se ha sincerado con Lala y le da a Elisa muchas explicaciones para justificar la noche en que durmieron juntos y, sobre todo, para encontrar una razón que motive el recorrido del dedo de Adrián a lo largo de la cicatriz. Aunque de ese tema, como es lógico, Adrián no dice ni una palabra. Ese mensaje queda cifrado por debajo de las banalidades y de la humillación de una Elisa que no entiende por qué una desconocida novia ha de saber que un hombre ha despreciado a una mujer con cicatriz. Porque Elisa está segura de que Lala conoce la existencia de la cicatriz.

Cuando Elisa se mira en el espejo, desnuda, aún hoy, no ha aprendido a buscar un símil que aproxime su marca, su imperfección quirúrgica, a la interpretación que hace Glenn Gould de las Variaciones Goldberg: el canto de un orate, virtuoso del piano, convierte en algo próximo y bellísimo la partitura del maestro

109

alemán. De repente, un analfabeto aprende a formular teoremas y a resolver logaritmos. El desajuste conmovedor. La sublimidad como una grieta en la pared del templo. Un quiebro. Una finta. La melomanía nos cura, pero la pobre Elisa aún no ha aprendido a captar la magnificencia de una calle de Estambul llena de excrementos humanos y prefiere el puntual mecanismo de los relojes de cuco. Pobre Elisa, ni siquiera dispone de ese consuelo de tontos para disfrazar el desnivel de dos piernas, el tacón enorme debajo de la más corta, la monstruosidad de un ojo de cristal. Pobre Elisa. Si ella supiese la ternura que me inspira, tendría ganas de matarme. En cuanto a Adrián, dentro del relato de Elisa, aquella noche ha fijado la vista en un desconchón del tabique y, más tarde, su mirada se ha perdido por un ventanuco casi clausurado por el muro grisáceo del patio interior.

Mientras Elisa escucha los argumentos de Adrián, piensa que no va a volver a ver a ese hombre, porque no es posible querer dos cuando se pretendía querer mil; porque Elisa ha perdido la capacidad de disimular con él, de ponerse la máscara de hierro con que suele cubrirse para departir con las personas que integran el círculo de sus amistades. Los amigos son una mierda; carecen por completo de importancia a no ser que uno se encuentre viejo, sin descendencia y estéril y, de golpe, le asalte la visión macabra de sí mismo ahogándose solo en la oscuridad. Los amigos son una mierda, sobre todo cuando no te admiran y te ven tal como eres y, desde ese instante, ya no te perdonan. Los amigos son para los expatriados. Para la gente sin orgullo. Para los notorios visitantes de las clínicas de inseminación artificial, para los exfumadores y para las personas que han superado un cáncer y salen en la tele dando ánimos y buenos consejos. Transmitiendo esperanza. Elisa es una mujer con las ideas claras, y en ese sentido sé lo que me cabe esperar de ella.

Adrián lo sabe todo, y Elisa no es lo suficientemente cínica para fingirse más fuerte o más alegre de lo que es en realidad. Porque Elisa sí que es de esas de las de soy feliz, muy feliz, enor-

memente feliz, ¿no notas cómo mi felicidad me brota por los poros como un sudor que purifica?, ¿no ves que estoy mejor que nunca?, ¿que no necesito nada y menos que nada a ti? Adrián, te vas a acordar de mí cada minuto, aunque no vuelvan las oscuras golondrinas. Para Elisa, la felicidad es un arma. Y ya no podría utilizar ese instrumento punzante con el hombre que debería haber tenido la vergüenza de desaparecer para siempre y no dar jamás señales de vida. Cada aparición de Adrián, en el umbral de la puerta de Elisa, sería un recordatorio de su miseria erótica y de su pequeñez moral. De la miseria y de la pequeñez de ambos. Claudicación, amohinamiento, fealdad, abandono, fracaso, desprecio, incomprensión, lástima, desdén, oprobio, alimentos rancios, la parte sucia de las cosas, el método científico para extraer de los episodios más inocentes la interpretación más triste. Todo eso es Adrián en el umbral de la puerta de Elisa, mientras ella se mira en el espejo y da vueltas y revueltas sin encontrar un solo recodo que no le recuerde el desgarbo de los caballos de labor o la delgadez de las arañas.

Mientras Adrián habla, Elisa se acuerda de las veces que se enfadaba con su madre. Un único momento de mutismo entre las dos era para ella la previsión de una catástrofe segura: la expulsión del domicilio familiar. Elisa pensaba tendré que hacer mi maleta. Me esconderé en casa de Susana. Seré, por una vez, muy digna, y mi dignidad me llevará a perder el contacto para siempre, porque mi madre nunca dará su brazo a torcer, se morirá y yo seré una presa fácil de la culpa. Elisa preveía esas catástrofes a largo plazo, por ejemplo por la responsabilidad de una mancha en un vestido o por no comer un viscoso plato de las natillas maternas. La señora de Bonet, de espaldas a su hija, esperaba íntimamente un movimiento de aproximación, aunque aún no había decidido cómo iba a reaccionar. Si perdonaría o no perdonaría.

Por la previsión de todas esas desgracias para las que no habría marcha atrás, después del tenso segundo de mutismo, Elisa

111

se acercaba a su madre y le daba un beso. Nunca pasaba nada, pero se iba acumulando una costrita de rencor por parte de la madre y de la hija. Elisa es una mujer con las ideas tajantes. El embrión de un ejecutivo. Sin embargo, las mujeres como ella no se comportan con valentía, y en ese caso no tienen excusas que darse. No es que duden o no vean con claridad las soluciones, no es que ignoren los caminos que deben seguirse, es tan solo que son cobardes para hacer lo que desean. Y lo saben. Y se muerden las uñas.

Elisa hizo lo que deseaba sin ambages una única vez. Su cicatriz ofrecida como el tallo rugoso de una planta. Aunque no mostrara su rechazo, es como si Adrián se hubiera tapado los ojos para no ver la consistencia amoratada del queloide y de la carne cosida toscamente. Elisa es cobarde. Sin embargo, esta vez, por rabia, va a echar a Adrián de su cubículo, a decirle que no le cuente más historias, que la deje en paz, que la olvide, que también él tiene el pene como el tapón de una botella, acorchado, chato, rechoncho, mortecino, que su pene ronca. Pero Elisa es cobarde y escucha a Adrián sin mirarle a los ojos, aunque él, ya con la boca seca de tanta conversación, en realidad de tanto monólogo sin agua, dirige sus pupilas marrones directamente hacia Elisa, que lo rehúye como si fuera una niña estúpida y vergonzosa. Elisa deja de escuchar hasta que Adrián la sorprende, diciéndole: «Elisa, yo sentía la necesidad de aclarar las cosas porque te he cogido mucho cariño, ahora me siento mejor y solo quiero decirte que puedes contar conmigo para lo que necesites, Elisa, me has ayudado mucho y me puedes pedir lo que tú quieras, incluso, si necesitas dinero, no dudes en pedírmelo, los dos estamos pasando por una mala racha, pero tú tienes una hija y a mí me gustaría compensarte en la medida de mis posibilidades, si me necesitas, no tienes más que decírmelo, Lala está de acuerdo, no sufras por mí: mi ofrecimiento no me va a causar ningún disgusto.»

Elisa no da crédito a las palabras de un oficinista que en primer lugar la desprecia y, después, le ofrece unas monedas. Las palabras de un oficinista que debería haberle estado eternamente agradecido por que ella le abriese el embozo de sus sábanas. Al menos a las putas se les paga por la presunción del deseo. A Elisa, Adrián va a darle un cheque por no desearla. Cuánto lo siento. Lala, Lalita, Loli, Lili va a darle un cheque a Elisa por unos servicios no prestados.

Las palabras de Adrián significan que Elisa debe revisar a fondo la suciedad que se esconde detrás de las puertas de las alcobas, la ropa que cuelga del tendedero y el contenido del frigorífico. Significan que una mujer a la que no conoce está formando parte de su cotidianidad y que esa mujer ha decidido convertirse en una voluntaria sin carné de Cáritas Diocesana que brinda su ayuda, desinteresadamente y sin rencores, a una pobre madre soltera que ha de sacar adelante a su cachorra. Lala menosprecia el atractivo de Elisa y confía, con un repugnante exceso de fe, en la imperturbabilidad de Adrián incluso en los momentos en que él se siente despechado y rencoroso, y pasa el dedo por cicatrices que se pierden entre marañas de vello púbico.

—*Luego, cuando me mire al espejo, vuelves a contarme las chorradas de Glenn Gould* —me reta Elisa en la nocturnidad de su casita de campo.

Las palabras de Adrián significan que este hombre bueno no es bueno, sino que necesita conservar esa imagen perfecta de sí mismo. Significan que es un ser soberbio e insensible que no mide el dolor que provoca su lenguaje articulado. Significan que Adrián confunde la bondad con las monedas. Que ni siquiera sabe deducir correctamente porque no ha notado que Elisa es de buena familia y tiene una dignidad que pesa por lo menos tres arrobas más que la de los comunes mortales.

Elisa araña la tapicería de sus sofás, recuerda que el lavabo del cuarto de baño ha perdido el brillo y se arrepiente de todas y cada una de las palabras que pronunció sobre su hija la noche en

113

que ella y Adrián durmieron juntos. Cometió la ingenuidad de creer que los hombres no eran una manada de sapos. La mujer de la cicatriz revisa de refilón su peinado y cae en la cuenta de que se debería lavar el cabello más a menudo, pedir hora en el salón de belleza.

Seguimos escondidos en casa mientras Adrián se recupera. Mi madre llama por teléfono:

—¿Cómo estáis?

—Bien, mamá.

A mi madre le tiembla la voz.

—Mamá, ¿qué te pasa?

Mi madre ha recibido cartas anónimas. Dicen que Adrián se acuesta con una cliente rusa a la que quieren expulsar del país y que yo soy una víctima. Soy la hija de mi madre y ella quiere protegerme.

—No pasa nada, mamá.

Mi madre no se fía de mí. Tal vez yo le esté mintiendo para llevar hasta el límite la cabezonería de querer a Adrián. Mi madre conoce muy bien a mi marido, pero también me conoce a mí y no sabe cómo abordar la cuestión. Si el texto del anónimo es mentira, su credulidad casi constituye una ofensa; si todo es verdad, mi obcecación sería un muro infranqueable. No puedo tenderle un hilo a mi mamá para que salga de su laberinto. No puedo negarle su necesidad de ser útil y de protegerme hasta el fin de los días. Mi madre quiere a Adrián, pero me quiere más a mí, y nada va a poder hacerle comprender esta burla en la que estamos viviendo.

115

Mi madre, como siempre pensando en lo peor, creería que mis explicaciones sobre la reaparición de Raymond, su vigilancia y su interferencia en los asuntos de mi domesticidad no son más que el velo que me sirve para difuminar la certidumbre más dolorosa: la de que soy una mujer a la que su marido engaña y que está dispuesta a todo por cubrirle en cada crimen. Qué poco me conoce mi madre. O cuánto. El caso es que esas pequeñas infiltraciones de maldad, esas cartas anónimas, producen grietas más importantes que las que se han abierto en el intestino de mi marido a causa de esos bombones que, sin ser letales, eran peligrosos. Cuando, por fin cuelgo el teléfono, Adrián me interroga:

—¿Qué pasa?

—Nada. Vamos a tranquilizarnos.

—Yo no estoy nervioso.

—Mejor.

—¿Qué te ha dicho tu madre?

—No era mi madre.

—Lala.

—No me ha dicho nada.

—¿Por qué me has mentido?

—No quiero preocuparte con las chorradas de mi madre. Susceptibilidades. Regalos de cumpleaños. Asuntos de familia. Rollos.

—¿Y por qué te has puesto tan nerviosa?

—Yo no estoy nerviosa, es que me canso.

Adrián está demasiado preocupado como para descubrirle nada más. No le pregunto gran cosa a mi madre, pero me imagino que las cartas estarían escritas con una caligrafía de niña de secundaria. Esther muerde el extremo del lápiz. No sé si habrá desarrollado su propia inventiva, o su madre y papá Raymond la han obligado a escribir al dictado. Tu cuadernito, Raymond, no es concreto. No me ayuda a sacar conclusiones respecto a tu responsabilidad en la cuestión de los anónimos. Solo puedo apoyarme en la metáfora de las reacciones en cadena, los tubos de ensayo, el moho y los antibióticos. Pero hay una conclusión que sí puedo sacar: los hijos llegan a hacer cosas muy extrañas por sus padres.

Adrián lee y yo hago que miro la televisión. El gesto de cariño, tanto el real como la pose que hemos adoptado para sacar de sus casillas a nuestros observadores y transmitir una sensación de calma, consiste en que mi cabeza se apoya en el regazo de Adrián. Estamos juntos y ni siquiera le han sentado mal los bombones. Cuando mi marido mordió el dulce y perdió la esperanza de que no ocurriera nada, también salimos de casa muy estirados, como si nos dirigiéramos a una cita con uno de esos innumerables amigos provenientes de la rama de Adrián. Disimulamos. Adrián, doblado por el dolor, levanta tímidamente la mano para detener el taxi que nos conduce a las urgencias del hospital. Somos soberbios. No vamos a mostrar que nos han herido.

Por eso ahora, por cariño y también por la mecánica de lo que debemos hacer cotidianamente en esta lucha, dejo que mi cabeza repose en el regazo de Adrián mientras él finge leer y yo hago como que veo un documental sobre la India. Adrián andará pensando en otra cosa. Si lo escruto de cerca, mi marido tiene el gesto de estupor de una persona apaleada que no entiende por qué nadie puede despreciarlo tanto como para pegarle con los puños.

Me consuelo pensando que, al ser observados, nosotros también los estamos mirando a ellos. De otra forma: desde el interior. Dentro de un instante, cuando salga de esta especie de ensoñación placentera, le diré a Adrián que no se preocupe por carecer de propiedades privadas, por el hecho de que su casa sea un cubículo de zoológico y él una bestia desnuda a través de los barrotes. Elisa, encerrada en la oscuridad de su cocina, en el último extremo de estas casas distribuidas en torno a un pasillo, largo y hacia adentro, un túnel que desemboca en una salida de humos, en ese *cul de sac*, Elisa se sobreexpone porque yo estoy pensando en ella desde todos los ángulos y no puedo evitar verle hasta el color del hígado.

Al evocar la imagen de la niña que con toda probabilidad escribe al dictado, soy incapaz de meterme en ese pellejo infantil, y me pongo en el lugar de la madre. Me interrogo sobre las razones que le dará Elisa a Esther para que coja el lápiz y escriba, me interrogo sobre si de hecho habrá razones, me interrogo sobre lo que le pasaría a Elisa por la cabeza cuando decidió concebir a su hija. Yo a veces he pensado en concebir un hijo y los porqués siempre han sido cobardes. Primero pensaba que un hijo era la encarnación del amor y me avergoncé de creer algo tan idiota. Me olvidé de la alegría de los progenitores cuando identifican en los gestos del hijo la inclinación del padre al levantar una bolsa muy pesada. Me olvidé del crecimiento monstruoso de una nariz adolescente que se parece mucho a la de mi padre, o de la fobia al melón o de las aptitudes musicales heredadas. Me olvidé de la generosidad de perpetuar la especie, porque en esa generosidad adiviné razones personales e intransferibles: el reloj de la biología no es más que una excusa para encubrir la verdad de que no queremos morir solos. Comodidad disfrazada de amor universal. Alguien se encargará de secarnos el sudor frío.

En cuanto a los costes económicos de la muerte, esos no importan. Qué más me da que se haga cargo el ayuntamiento, que me recojan como a los perritos que mueren en casa. Dos hombres con mono y gorra de béisbol que sostienen con ternura un cuerpo exangüe y lo depositan dentro de una bolsa de plástico. Practico mi amor universal de otra manera. De una que no me compromete con algo tan ambiguo como la especie; de una que no me reduce a mi condición mamífera ni a mi terror por quedarme vieja y sola rodeada de los amigos enfermos de Adrián. Mi amor omnímodo es una práctica cotidiana, menos sentimental, más consciente. Una que no me cubre las espaldas, ni me da satisfacciones de futuro. No creo que Elisa sea mejor que yo. De hecho, ella parió a Esther y le quedó una cicatriz. Era lógico. Yo no quiero echarle a nadie las culpas de mi consunción.

Mi madre y la hija de Elisa se han juntado en un gesto que me comprime. Me castigan mientras Adrián finge leer y yo espero que llegue justo este momento, este del que ahora disfruto: tengo a Raymond delante, hoy, con su jipijapa y sus gafitas redondas sobre el abultado puente de la nariz, y puedo lastimarlo de esa manera, limpia e inocua, en que únicamente yo sé lastimarlo: hacerle daño sin ponerle la mano encima hasta que llore y grite y se le revienten las venas del cuello como a Lope de Vega aullando bajo la ventana de Marta de Nevares.

Día 31

Elisa, en su casita de campo, me explica que está a punto de romper de un golpe el cristal de su mesa baja para demostrarle a Adrián que el dinero no es precisamente para ella una preocupación. Se pregunta si, en el monólogo de Adrián, el dinero ha sido un ejemplo o la finalidad concreta de la visita. Elisa puede recurrir a su padre, un gran empresario mallorquín, y el calentador de gas sería inmediatamente reparado. Pero es que no le da la real gana. De momento. Elisa va a lanzar el puño contra el cristal, va a superar su falta de valor, bravo, cuántas psicopatías nos hubiéramos ahorrado con esa muestra de violencia. Entonces, Esther sale de su dormitorio.

La niña se para delante del hombre y lo mira con arrobo. El hombre le sonríe y la niña se sonroja. La niña pronuncia el más tierno de los saludos, entre tímida y contenta. Los ojos verdes y brillantísimos se iluminan cuando Adrián le dice «ven», y la niña, sin mirar a su madre, justo al contrario que cuando otras veces un desconocido le quiere dar un caramelo, se acerca al hombre y se restriega, mimosa, contra el pecho de Adrián.

El hombre coge la cara de la niña y comenta lo guapa que es. Después le da un beso demasiado cerca de la comisura de los labios, desde el punto de vista de la madre, y Esther está feliz y se queda quietecita sobre las piernas del hombre que le hace en el cuello pedorretas y mimos. El hombre mira a la madre transmitiéndole la idea de que su hija es encantadora, de que los dos se van a llevar muy bien. Si en ese instante Elisa hubiera ordenado a su hija «vete inmediatamente a la cama», la niña habría roto a llorar. Esther solía comportarse como un gato arisco en presencia de hombres extraños. Se escondía en el armario y, hasta que el desconocido no se marchaba, era como si Esther no existiera. Hoy, atraída no se sabe por qué olor o por qué sonido, la niña se ha acercado a la salita, hipnotizada, con el rabo en alto de las hembras en celo. A gusto entre las piernas de Adrián.

Más tarde, Adrián se levanta y se va de la casa de Elisa como un viejo amigo. La niña, para despedirse, le da un beso en la boca con los labios muy apretados. A Adrián le ha hecho mucha gracia y le ha dicho a la niña: «Eres una sinvergüenza.» Mientras jugaba con Esther, Adrián no se fijó en los aterrorizados ojos de Elisa, dos puñaladas traperas. Adrián mete sus dedos entre las coletillas de escoba de Esther. La madre, la amante, la mujer abandonada que no quiere perder su dignidad, la víctima de un despecho, de dos, de tres, está paralizada. Adrián se marcha y, cuando por fin Elisa cierra la puerta, su hija, que en confianza es una niña habladora aunque le cueste relacionarse con extraños, le susurra:

—¿Ves, mamá? Ese es mi novio.

Y vuelve a su habitación para cubrir sus mariquitinas recortables con trajes nupciales y para restregar, en besos de lengua, las caras de sus muñecas hembras y de sus muñecos machos. Elisa la espía y, aún hoy, la escruta a través de las rendijas de las puertas por si Esther guarda las fotos de un idilio antiguo y no odia a Adrián lo suficiente.

Hay cosas que no se pagan con monedas, sobre todo a los que son ricos de familia. Pero los oficinistas relamidos, los hombres falsamente buenos, no son sensibles y no se percatan de que hay cosas que no se compran ni tienen perdón de Dios. El resto de los rencores de Elisa no sé si tiene fundamento. Quizá baste con que las sensaciones son muy intensas y entonces se solidifican y mutan a endriago monstruoso, engendro verde. Y así quiero que conste en este cuaderno de experimentación, en la descripción de esta broma que deseo que, cuando menos, les forme a Lala y a Adrián un pequeño nudo en la garganta. Un pólipo. Un calamar.

El día que Rosa y Rubén suben a nuestra casa y le dicen a Ernestina que nos cuente lo que le ha pasado en el parque, Adrián está a punto de llamar por teléfono a un poli bueno que conoce desde hace unos cuantos años. Pero se deja vencer por cierta dignidad que le inclina a simpatizar con los delincuentes de las novelas.

Los parques son espacios extraños. Se lo tenía que haber advertido a Rosa. Allí se esconden muchos más misterios que en otros lugares. Ernestina todavía no tiene edad para explicar lo que ha ocurrido, de modo que solo nos relata el inicio de su experiencia: una niña o una señora muy gorda –Ernestina vacila– se le acerca en el parque y la sube a los columpios. La gorda es muy simpática, y Rosa nos cuenta que trata a Ernestina con una dulzura que le hace perder su desconfianza inicial de madre. La niña gorda, una adolescente de estética siniestra, uñas pintadas de negro, ojos con rayas, boca del color de los hematomas recientes, se aproxima a Ernestina y le propone:

–¿Quieres que te columpie?

A Ernestina le gusta mucho que alguien empuje su columpio, pero es imprescindible hacerlo con una destreza especial. La gorda domina el grado de violencia exacto para que

Ernestina se sienta a la vez segura e insegura. Clarín ya lo sabía: la experiencia del columpio constituye una suerte de aprendizaje erótico. Imaginemos por un momento al autor tomando nota mental de un episodio mientras sus manos se apoyan suavemente en una espalda femenina encerrada dentro de las tenazas del corsé. Ni muy fuerte, ni muy blando. Ni brutal –ya se sabe, las cadenas pueden darse la vuelta sobre la barra superior del artilugio–, ni excesivamente suave, porque tanta suavidad es tediosa y puede pasar tan desapercibida como la insipidez del agua.

Rosa se levanta del banco en el que cada tarde hojea una revista para colocarse junto la voluntaria promotora de los juegos infantiles. Al llegar casi a su lado, vuelve a dirigirse hacia su asiento porque la gorda voluntaria no es más que una niña grande que, al darse cuenta de la lógica prevención maternal, le dice:

–No se preocupe, es que me gustan mucho los niños. Tendré cuidado.

Y aunque Ernestina es lo que Rosa más quiere en el mundo, vuelve a hojear su revista, porque se avergüenza de desconfiar de la gente y se ha impuesto una terapia para liberar a su hija de su nudo protector y, al mismo tiempo, curarse de cierta histeria que, cuando Ernestina nació, la llevaba a vigilarla por las noches por si la bebé era presa de una muerte súbita. Las buenas personas se avergüenzan de su desconfianza. Rosa es una buena persona y se aleja del columpio con el deseo de decirle a la gorda «deja en paz a mi niña, a mi niña solo la columpio yo, solo la toco yo», pero se contiene porque no puede soportar ser injusta con una niña grande y gorda que tiene unos ojos preciosos y ganas de agradar. Rosa se fuerza a olvidar sus prevenciones y hojea su revista, pese a que, de vez en cuando, mira por encima de las páginas para cerciorarse de que Ernestina está segura. La gorda no se excede en la fuerza que imprime a los movimientos para empujar la silla del columpio.

Ernestina ríe, se agarra a las cadenas y mira hacia atrás para decir: «Más, más», y a la gorda, que es joven y no una primípara añosa, no se le cansan los brazos. Rosa pasa las páginas sin enterarse del contenido de los artículos y las entrevistas, hasta que por fin la diversión acaba, la gorda detiene poco a poco el columpio, coge a Ernestina en brazos, le hace cosquillas, la niña se retuerce y Rosa se inquieta, le va a hacer daño, mira las manos de la gorda, tiene manos de carnicera, padrastros, las uñas pintadas de negro, podría deshuesar aves y rabos de toro, matar a una gallina viva con esas manos que le hacen cosquillas a Ernestina de una forma que debe de ser delicada, porque Ernestina no protesta y parece que la piel no se le enrojece.

Rosa tiene ganas de decirle a la extraña «estate quieta de una vez» pero se muerde la lengua, sonríe, mientras aguarda a que la gorda llegue al lugar donde la madre sufre al ver cabeza abajo a su hija. Una mano carnosa sostiene el tobillo de Ernestina, que ríe y ríe balanceándose en el aire. Cuando por fin llegan, Rosa no se levanta para no exhibir su nerviosismo:

–Ya nos veremos otro día.

La muchacha se marcha. Rosa suelta el aire contenido en sus pulmones y deja a Ernestina en el suelo. La niña se pone a jugar con la tierra. Hace montoncitos, caminos, hoyos minúsculos. Habla sola. Rosa no se mortifica más. Piensa que todo ha salido bien y que se puede felicitar a sí misma por esta pequeña victoria contra su susceptibilidad y sus miedos infundados: una pequeña victoria que le ha supuesto tantos riesgos morales. Observa las variaciones de Ernestina sobre la tierra y se agacha para decirle bajito al oído:

–Mi amor, no te puedo estar protegiendo siempre.

La niña no le hace caso y juega mientras Rosa reflexiona sobre el momento en que los niños dejan de jugar y por qué. No recuerda si se deja de jugar de un día para otro; si jugar es hablar solo dentro de una habitación y contarse secretos a uno mismo; si dejar de jugar es dejar de hablar solo dentro de una habitación, de un día para otro, porque se empieza a desarrollar cierto sentido del ridículo; entonces cesan las conversaciones y se está más pendiente de lo que nos dicen los demás y se busca compañía para vencer el aburrimiento y las horas muertas. Rosa no quiere que su niña deje de jugar y está satisfecha de que sepa jugar sola. Los niños que saben jugar solos son los inteligentes, porque esa soledad no los excluye de la posibilidad de divertirse también en compañía.

Rosa está muy cansada. La inquietud le pesa. Le tiende la mano a Ernestina y le dice: «vamos». La niña se agarra de su madre y juntas, con un paso desigual que a Rosa la obliga a ladear todo su cuerpo, se encaminan hacia casa. Rosa deja los bártulos del parque detrás de la puerta de la habitación de Ernestina y le dice:

—Ven, que vamos a bañarnos antes de cenar.

Mientras le quita la ropa, Rosa ve un papel en el bolsillo delantero del peto de Ernestina. Es un papel de doble raya en el que se recoge un listado con posibles accidentes mortales: electrocuciones domésticas, caídas de moto, cadenas oxidadas de columpio, desagües succionadores de piscinas, muertes dulces por emanación de brasero, escapes de gas, caídas en la bañera, andamios rotos, dedos incrustados en enchufes, barandillas desprendidas de balcones... Rosa deja de leer. El mundo está lleno de dientes. La dulzura de las musiquitas para dormir a los niños es una trampa. Cada objeto de la casa corta. Las esquinas son uñas de gato, garras de tigre. Rosa repasa los trescientos elementos del listado y repara en el final de la retahíla: nunca dejes a tu hija sola con Adrián. Rosa no entiende nada y abraza a su hija. La niña se duerme. Rosa no se levanta a encender las luces y Rubén la encuentra a oscuras cuando llega del trabajo.

—No quiero que Adrián vea a mi niña nunca más.

Tras oír el relato del columpio, Rubén la convence de

que Adrián no ha hecho nada y de que deben hablar con sus amigos. Le dice a Rosa: «Rosa tienes que ser más confiada, quizá alguien quiera hacerle daño a Adrián», Rubén le dice a su mujer que no es Ernestina quien le preocupa, sino Adrián, que está enfermo, encerrado en su casa, por un motivo oscuro que no quiere confesar a nadie.

–Entonces ni mi niña ni yo queremos ver a Adrián nunca más. Aunque no tenga la culpa de nada.

Veinticuatro horas más tarde, nuestros amigos nos visitan con la excusa de ver al convaleciente. Pero lo que de verdad buscan es una explicación para el papel del bolsillo de Ernestina. Rosa y Rubén hablan. Adrián sufre porque no entiende el comportamiento de Esther y siente una lástima terrible por una niña que, hace seis o siete años, era adorable. Adrián piensa en voz alta:

–Los padres no son inofensivos.

A Rosa se le tuerce el gesto y es Rubén quien le aclara que duda mucho de que el comentario de Adrián se refiera a ellos. «Claro, Rosa, perdona, no lo decía por vosotros. Lo siento.» Cuando Adrián le coge las manos, Rosa recula un poco, y yo instantáneamente y sin reservas la odio. No hay cosa en el mundo que pueda molestarme más que el desafecto hacia mi marido. Rosa nos interroga sin compasión:

–¿De qué padres habláis entonces?

–Hablamos de la madre de Esther, la niña gorda.

Después de las explicaciones, Rosa está verdaderamente compungida. Se ha puesto a llorar y nos dice que lo siente mucho. Rosa comprende la situación. Pero todo es demasiado para ella. Es demasiado la obesidad de Esther y las cartas a mis padres y los bombones con frutos secos. Es demasiado la nariz italiana de Raymond y el trabajo de Adrián y mi precocidad erótica. Son demasiado los fornicadores de los parques y la mujer, agazapada en el *cul de sac* de un pasillo, que se tapa la cicatriz con una mano extendida y culpa a Adrián de obscenidades y tragedias. Son demasiadas ausencias y miedos. Es demasiada la imposibilidad de Adrián para buscar protección. De hecho, eso es lo que más asusta a Rosa. Desde ese día, vemos a nuestros amigos mucho menos de lo que era habitual. No se lo reprocho, y además yo lo prefiero.

El cuaderno de experimentación de Raymond está cojitranco. Es un viejo caballero mutilado al que debe cedérsele el asiento en el metro para que escuche una historia que quizá ya conozca pero que nunca le habrán relatado con la entonación correcta. O a lo mejor el caballero mutilado, un cojito, un tuertito, un manquito, nunca se enteró bien. El cuaderno cojitranco no cuenta, por ejemplo, que uno de los días que Elisa llega a su casa de preparar sus *caterings* Adrián está saliendo de la habitación de la niña.

Esther le ha abierto la puerta y Adrián ha entrado en su cuarto para jugar. Adrián ha vuelto al apartamento de Elisa para normalizar una relación que ha comenzado con un halo de perversidad que no le cuadra al carácter de mi marido. Adrián es un ingenuo: en el mundo hay gente de la que uno, por cómo huele, por cómo mira, por lo que dice y por lo que calla, no puede fiarse. Sin embargo, me imagino sin ninguna dificultad a Adrián haciendo una nueva visita a Elisa para darle a entender que podrían ser amigos. Adrián es de esas personas que allanarían la morada de una bruja de salfumán y azufre para demostrar que se puede jugar con ella una partida de cartas. Correría el riesgo de quedarse pegado a la casita de chocolate, obviando los resabios y los miedos poniéndose el mundo por montera, para acostumbrarnos al trato con los monstruos y las acémilas del bosque. No obstante, profesionalmente Adrián es un hombre cauto que me prohíbe hablar por teléfono de ciertos temas o enviarle correos electrónicos explícitos a un periodista amigo nuestro que vive en Colombia.

–¿No te das cuenta de que lo pueden matar?

Adrián no se siente seguro en la maraña de las redes de telecomunicaciones y se mueve como un lince cazador en las salas interconectadas de los tribunales de justicia, entre los cordones umbilicales que unen mafias de todo tipo. Pero, de puertas adentro, en el interior de las casas, en el centro de los nudos familiares, de las pequeñas historias cotidianas que se cuecen detrás de cada visillo o de cada persiana a medio bajar, mi marido no desconfía de nadie porque entiende los motivos de casi todos. Paz en la tierra a los hombres de buena voluntad. Capullos. Vivir rodeada de capullos me ha hecho amarlos y sentirme culpable de mis desconfianzas. Igual que Rosa y tan capulla como ellos. Raymond no era un capullo, pero tampoco se le podía amar. Sin embargo, los capullos son muy fuertes y pueden atenazarte el corazón con sus manos y con la transparencia de esos ojos que te miran como si lo hicieran por segunda vez, cuando ya te han reconocido y por detrás de la sorpresa está la inmensidad del amor y el anuncio de una muerte que se teme, cada vez más, con el crecimiento del afecto y también de la pasión. Adoro a estos seres que no desconfían de nadie y que se irritan mucho cuando su axioma universal de que todo el mundo es bueno se viene abajo, y entonces es urgente consolarlos.

Cuando Adrián fue a casa de Elisa aquella tarde, yo recuerdo que le dije que no fuese. No me hizo caso y me acusó de malpensada. Pero yo ya había visto a lo lejos a esa mujer paseando por la calle. Adrián me la señaló un instante con el dedo y a mí no me habían gustado en absoluto los ojos oscuros y hundidos de aquella figura escuálida y con cierto aspecto de sucia. Me reservé la última impresión, porque un comentario como ese habría desilusionado a Adrián y me hubiera restado algunos puntos en la escala de su estima. Lala, lengua mordida. La niña, sin embargo, era una belleza. Al reencontrarnos, le pregunté a Adrián:

—¿Cómo te fue en casa de Elisa?

—Ha sucedido algo extraño que no te sabría explicar,

129

Lala. Ha pasado algo. Y no sé lo que es. O no lo quiero ni pensar.

Adrián se niega a ensuciarse con la reproducción de los pensamientos de Elisa. Pensamientos tan inverosímiles y oscuros que no puede pronunciar en voz alta, por miedo a que se conviertan en realidad. Como Adrián no quiere repensar la extrañeza, yo dejo de preguntarle y le quito un mechón de pelo de la frente. Después le beso y la inquietud le dura poco, porque cada vez que mi boca llega a la suya, él queda sumido en un profundo sueño que a mí me provoca una enorme satisfacción en la barriga, una forma de orgullo, de toma de conciencia respecto a una sabiduría sexual que no se aprende en ninguna parte y que se relaciona con la fortuna de encontrar un discípulo para el que ser maestra o un maestro que te haga su discípula. Quizá solo es preciso nacer con cierta capacidad para inventar juegos y besar despacio, sin ponerse nervioso, hasta que la situación, la caída de la tarde, la llegada de extraños, obliguen a la prisa y sea divertido tener que amar velozmente contra las paredes o sobre los cojines. Así que no insisto en que Adrián me descifre su extrañeza, porque creo que el amor deber ser a veces un lugar en el que coger aire y estirar las extremidades.

Pero eso fue entonces, hace muchos años. Sin embargo, después del episodio de Ernestina, quiero que la extrañeza de mi marido sea una confesión de su propia ingenuidad, de su inocencia y de la validez de mis malos pensamientos.

Hace muchos años Adrián pasa la tarde jugando con una niña que lo admira. Su mamá no está en casa, pero ella ha abierto la puerta a Adrián y le da las piezas de sus puzles para que él las coloque. Se sorprende cuando, entre el marasmo de los azules, los marrones y naranjas, surge nítidamente la imagen de la Giralda de Sevilla o el cromo de una marina valenciana. Ella sola nunca habría sido capaz de darles sentido a esas porciones dispersas de cielo. Adrián no se va, porque quiere ver a Elisa y porque no entiende cómo una niña tan pequeña puede pasar tanto tiempo sola en casa. Esther le cuenta sus cosas, le enseña sus muñecas. Es encantadora. Incluso le pasa una película de Pluto en un cinexin que es una reliquia de la juguetería. Adrián manipula un momento el artilugio, porque a él de pequeño le habían regalado uno exactamente igual. Se lo dice a la niña y ella le responde:

–Sí, es que hay muchas cosas que antes eran lo mismo que ahora.

Es una niña repipi y estupenda. A Adrián le hace mucha gracia. La niña lo prepara todo minuciosamente. Baja la persiana. Conecta el aparato. Coloca unos cojines sobre el suelo a modo de butacas. Sienta las muñecas junto a Adrián para que todos puedan disfrutar del espectáculo. Las manda callar, porque las muñecas son muy parlanchinas; solo que hablan en un tono de voz que solo es audible para el tímpano de Esther. Así se lo explica a Adrián. También adorna sus explicaciones con transcripciones literales de lo que dicen las muñecas a través de sus bocas de plástico: «Mira, ahora dice esto, ahora lo otro.» Esther ríe y suda y manotea con las evoluciones del perro Pluto.

Adrián se divierte y le dice a la niña que se quite el jersey porque, en la penumbra, percibe que está muy roja, congestionada, más por el calor que exhala su cuerpo menudo que por la tonalidad que hayan podido alcanzar sus mejillas. Adrián coloca su mano en la frente de la niña. Está sudando como un pollo.

–A ver si te vas a constipar.

La niña obedece a la segunda. A la primera, estaba demasiado entretenida con la torpeza del perro y la conversación imaginada del coro de las muñecas. La enorme bemba negra que olisquea los árboles. La película se acaba y Adrián se levanta del suelo. Se dirige a la puerta de la habitación de

131

la niña, la abre y ve la luz del recibidor. El resto de la casa se ha quedado a oscuras. Apoyada en un pilar del piso, Elisa contempla el movimiento de la mano de Adrián frotándose los riñones y la pequeña figura de su hija que sale, en camiseta, corriendo hacia las piernas de su madre, arrebolada y sudando, de una habitación con las luces apagadas.

Día 61

Llegué a este piso hace aproximadamente dos meses. Habían pasado ya cinco años desde que Lala y Adrián contrajeran matrimonio y tuvieran la desfachatez de invitarme a una boda a la que, por supuesto, no asistí. Pese a mi carrera loca por los pasillos de la línea diez, Lala había sido lo suficientemente fría como para retomar nuestra relación con un cariz amistoso después de iniciar su historia de amor con Adrián. Esa cordialidad de Lala me molestó mucho. No era una cordialidad romántica, no había odio ni desgarramiento; era una cordialidad normalizadora que vulgarizaba lo que habíamos vivido juntos y lo replegaba al espacio de las cosas rutinarias y las buenas digestiones. Por eso interferí, les invité a mi exposición; más tarde, les hice otras propuestas, y hasta que me desvanecí en el aire, curiosamente las aceptaron todas.

Cuando se casaron les perdí aparentemente la pista, pero me informé de su domicilio, su teléfono, sus puestos de trabajo, confeccioné el catálogo de su increíble mediocridad y de la bola de autogratificación solidaria que les debía de subir a la boca cada vez que hablaban. Los amigos comunes me fueron muy útiles. En cenas y en garitos nocturnos, los amigos me daban noticias de Lala sin necesidad de que yo formulase preguntas. Presuponían que ese era un tema de interés para mí. Tenían razón, pese a que *yo mostrara indiferencia y procurara dar otro sesgo a los diálogos vis a vis que suelen mantenerse para abordar este tipo de intimidades. En una ocasión, Nika y yo comentamos la incoherencia de declararse tan liberales y tan rojos y pasar por el juzgado para oficializar una relación. Nika, que sí asistió a la boda, tocada con una impresionante pamela, declaró:*

—Además, un juzgado. No habíamos acabado de entrar y ya tuvimos que salir. El juez leyó un poema horroroso con cara de muy mala hostia. Lala firmó el acta matrimonial con un boli bic mordido y nada tuvo ni el más mínimo glamour.

Me limité a atravesar con el dedo las volutas de humo que desprendía la boquilla de Nika. Solo insistí un poco en la idea de arranque de nuestra conversación mientras hacía un gesto al muchacho que servía —no creo que se les pueda llamar ya camareros— para pedir otro baylis con hielo en copa de balón:

—Nika, tú siempre has sido una esteta, pero de verdad lo curioso aquí es esa urgencia por oficializar el noviazgo en presencia de la familia. Es como si atentaran contra los principios que ellos mismos nos han restregado por la cara. Lala siempre se quiso casar. Son unos inconsecuentes. Y, sobre todo, unos pesados.

No eché mucha más leña al fuego. Preferí ser cauto. Y menos mal, porque el mejor de los amigos de Lala y Adrián, el mejor de los amigos de después de casados, Chavi, me hizo algunas indicaciones a propósito de mi incultura:

—Te invito a repasar algún manual de historia contemporánea. Los rojos somos moralistas. No éticos, moralistas. Pero moralistas materialistas, es decir, no hay miedo al más allá ni culpas per se, *sino compromiso en la tierra con seres y circunstancias individuales y concretas.*

A Chavi nunca le caí bien. Ni a mí él tampoco. Siempre iba sucio. No me explicaba por qué le agradaba tanto a Nika; Nika, con su aura evanescente de cabaretera de los cincuenta, con su acuciante deseo de ser como la Jane Russell de Los caballeros las prefieren rubias, *pero la Russell de dos escenas exactas:*

la del gimnasio –por la situación privilegiada, esa masa de hombres atléticos que la rodean en una constante exhibición de sus fibras musculares– y la del arranque de la película, cantando con Marilyn, enfundada en un vestido de lentejuelas rojas y con plumas en la cabeza, doblando las rodillas juntas hacia un lado y hacia el otro para lucir un pompis protuberante y enfajado –por el atuendo–. Nika, cuando yo la miraba sin comprender esa afección, que no afecto, por Chavi, se justificaba:

–Es que me recuerda a mi hermano pequeño.

A Chavi nunca le pregunté por qué con Nika no era aquel comisario político que me presentó Lala cuando ella empezó a entusiasmarse con la parafernalia impostada de los okupas, con su ladrillo visto, su olor a cemento húmedo y sus conciertos estridentes de medianoche. Chavi, pese a ser acompañante frecuente de Nika, pertenecía al círculo no frívolo de amistades de Lala y Adrián. Ellos, además de los conocidos excéntricos de la juventud de Lala, tenían amistades que no eran noctámbulas, ni peligrosas, ni tan siquiera intelectuales. Sin embargo, Lala aún conservaba a Nika y otros del mismo estilo alocado, como reminiscencia de esa franja en la que se cruzan el progresismo político –la bola de autogratificación– y la desinhibición, el melodrama, los tripis y las plumas de colores.

Me vi obligado a contestar a ese Chavi tan listo, tan instruido en historia que, al lado de Nika, esa noche y en ese bar, era un elemento disonante y sobre todo sucio, muy sucio:

–¿Lo ves, Nika? Unos pesados.

Nika me manifestó su acuerdo a través de una carcajada que, esta vez, no le salió fingida.

–Nika, a veces no sé por qué te aguanto.

Chavi se levantó y Nika lo vio alejarse con aire compungido. Mañana a primera hora Nika llamaría por teléfono a Chavi y a lo mejor por la tarde le acompañaría a ver una película de Guediguian. Chavi, ofendido, tirano, y Nika, paciente, dispuesta a complacer. Como yo y Lala antes de que todo se pusiera patas arriba.

135

La melancolía de Nika me hizo recordar que, en la época inmediatamente posterior a la boda de Lala y Adrián, los amigos alocados deseaban hablarme mal de ellos. Se habían transformado en una diana colocada en el punto de mira de los francotiradores amistosos a causa de su tradicionalismo, su necrosis política, su discurso aburridísimo y rancio, su mentalidad conspiratoria, y sobre todo de esa felicidad conyugal que a mí me enervaba más que a nadie. Eran el gusano prendido del anzuelo. La carnaza que se les arroja a los tiburones para que se entretengan a lo largo de veladas en las que cualquier intento de animar el cotarro es una repetición: la laringitis crónica de Reina, el precio del alquiler de Olivia, las expectativas de que Luigi publique su tercera colección de relatos, el sabor de los licores y las últimas visitas a los mejores restaurantes. Los horror vacui de la conversación hacían que Nika se sintiese incómoda:

—Estuve en el Akerrale de San Sebastián..., ¿te lo conté?

—Treinta veces, mi amor.

—Ya.

Sin embargo, aquel matrimonio fue integrándose en los círculos que, en un primer momento, renegaban de ellos. Tuvieron la maestría de hacerse imprescindibles para secar lágrimas de cocodrilo. La pareja ordenadita era el cromo que faltaba en el álbum familiar de frikis. La educadora y el letradito en su piso limpio, en su cocina reluciente y en su bañera con huellas de plástico pegadas en la loza, para no resbalar. El timbre de la casa interpreta un ding, ding, dong, y en la cabina del coche han colocado un ambientador antitabaco. Hasta Nika, que en otros tiempos le daba a Lala sofisticados consejos («Nena, no bebas más delante de la gente. Te tengo dicho que lo mejor es salir de casa ya un poco borracha»), está enternecida:

—Raymond, la casa es divina. Solo les falta un bebito y un microondas.

Sé perfectamente cómo es su casa. Ya se han comprado el microondas, pese a que Esther lo haya incluido en la lista de apara-

136

tos que producen cáncer. Deberían vivir en un barrio obrero para ser de verdad solidarios. Deberían predicar con el ejemplo. Pero no. Les gustan los tejidos de seda para las tapicerías. Rojos de pega que nos miran por encima del hombro y no se manchan las manos.

Lo que nunca sabrá Nika es que, al volver del trabajo, se quitan la ropa de calle. Adrián se desajusta el nudo de la corbata y se despoja del traje azul. Lala se baja las medias y, con mucho cuidado, para no hacer carreras, las guarda en el primer cajón de la cómoda. Adrián se pone un albornoz y Lala, un pijama de rayas. Sigue siendo maravilloso ese exotismo entre un grupo de amistades que, ante todo, valora la originalidad y exhibe moquetas con lamparones: en medio del travesti, la cocainómana, la bailarina que monta performances, en medio del viajero infatigable, del budista, del amante de las Harley Davidson, del transformista viril y del actor olvidado, Lala y Adrián son un animal en extinción, tan marcadamente convencionales, tan monos, tan de oenegé, que han logrado no desencajar entre el círculo de amigos comunes, de toda la vida, un círculo que fue labrándose a golpes de excentricidad su propia desgracia: Gloria Señor se suicidó metiendo la cabeza en el horno y Fausto Huerta se despeñó por un barranco. Sonia Andrade, la mujer que se definía por su resistencia a orinar, acabó en diálisis. Fueron las últimas expediciones de una gente muy sencilla. Otros sobrevivimos. A Lala y Adrián no les hace falta ninguna excentricidad para ser intrínsecamente perversos. Son la sonrisa de una Flora depravada que contempla el lago y la precocidad cortesana de Miles. Pese a que ahora prefieran salir con Chavi, con Rosa y Rubén, y hacerle carantoñas a Ernestina, siguen recibiendo de vez en cuando a algunos amigos supervivientes. Tal vez les pregunten por mí. Todos coincidirán en que soy un desaparecido. En cuanto a Rosa y a Rubén, yo les sugeriría que no permitieran que esos dos tocaran a su hija. Sin embargo, ese es un extremo al que no voy a llegar nunca.

Así que, sin vernos, los amigos me iban poniendo al día, desde el rechazo inicial a la aceptación completa, y yo, mentalmente, fui tomando nota de cada detalle, de cada cambio en su programa. Ahora que ya ha pasado un tiempo prudencial, he alquilado este piso enfrente de su casita de casados y he aprendido a usar prismáticos y aparatos de precisión. Me he dejado barba y he engordado, pero aun así me queda la duda de si Lala me ha reconocido. A veces, me enfado: si no me reconoce, es imbécil y desmemoriada; si me reconoce, pérfida, porque estoy seguro de que, en lugar de temerme, disfruta de la situación. Lala se regodea, porque ni en el mejor de sus sueños podría haber imaginado, pesado y medido la magnitud del óbolo que le estoy ofreciendo. Hasta hace muy poco no sabía quién era realmente el que quería vengarse. ¿Lala?, ¿yo?, ¿había, de hecho, algún signo o pretensión de venganza? No sabía qué finalidad tenían mis observaciones y me torturaba pensando que, si Lala me había reconocido, estaría muy orgullosa de sí misma. Después, su orgullo podría llegar a ser desdén. Mi despecho iría creciendo. Mis observaciones ni siquiera hubieran servido para que Lala, intimidada, llamase a la policía por miedo a que un merodeador le rajase el vientre en una esquina oscura. Estaba muy perdido, con mis aparatos de precisión sobre las cajas de embalaje, con mis trípodes camuflados detrás de las persianas; perdido, en mis visitas sistemáticas a La Tienda del Espía, donde, con mucha profesionalidad, me disuadieron de mi objetivo inicial de sembrarles la casa de micrófonos. Gracias, Tienda del Espía.

Aunque supiera por qué me encontraba allí, encerrado en el observatorio, no sabía para qué. Mi encuentro con Elisa fue providencial. Elisa puede reír con mis chistes. Por Elisa y por la naturalidad con que miró mis aparatos de precisión; por la prontitud con que abandonó su casita de campo, pidió un permiso en el restaurante en el que era imprescindible y trabajaba por placer después de reconciliarse con su padre y de aceptar su ayuda *durante unas vacaciones en Valldemosa; por el gusto con que se mudó aquí con su hija, entendí que, después de la fase de observación, venía el experimento, que todo esto era un preámbulo y que había llegado la hora de poner un poco de sentido del humor en las sesudas vidas de Lala y de Adrián.*

Simone y Jean-Paul caminan a lo largo de Saint-Germain-des-Prés. Ella lleva un turbante que le tira de los ojos hacia las sienes y se los rasga por debajo de las expresivas y pobladas cejas. Él es como si no llevara nada. Solo las gafas sobre la mirada estrábica. Y la boca y los dientes. Las prendas le cuelgan sobre el cuerpo redondo. Los dos miran hacia delante y, de vez en cuando, gritan consignas contra el gobierno francés. Simone no hace esfuerzos para adivinar, detrás de la bragueta, el pene lacio de Jean-Paul, ni Jean-Paul se fija en las nalgas, siempre demasiado grandes, de esta mujer más aficionada a las muchachas en flor que a los hombres con una frustrada vocación de sátiro.

Caminan, arrastrando un poco los pies, porque ambos tienen las piernas varicosas y se recomiendan mutuamente pomadas que alivian los calambres. Simone trata de mantenerse majestuosa y erguida, aunque de vez en cuando se encorve un poco y sus facciones se asemejen, más y más, a las de un aguilucho, justo cuando Jean-Paul hace un gesto con la mano para llamar su atención y decirle algo al oído. Simone acaba de presentar *Las bellas imágenes* y está orgullosa del resultado, porque con esa novela se anticipa a su tiempo aventurando hipótesis verosímiles sobre la desgracia, sobre

140

los periódicos y sobre quienes no los leen, sobre la percepción del hambre por parte de los saciados, sobre la mirada de los niños y el afán maternal de proteger a los hijos poniéndoles vendas en los ojos hasta que llegue el momento justo –un límite que nadie sabe dónde se ubica exactamente–. Mientras tanto, les impiden crecer. Como si les aprisionasen las piernas dentro de hierros correctores con la disculpa espuria de la buena intención. También los hijos protegen a sus padres: Laurence a sus frívolos papás; Esther a su mamá. Simone es muy consciente de estas enfermedades y de estas lacras.

Por su parte, antes de la caminata a lo largo de Saint-Germain, Jean-Paul ha estado releyendo con complacencia algunas de las páginas de *El idiota de la familia*. Después se ha concentrado en la escritura de un nuevo texto. Más tarde, ha visitado a Mademoisselle Lavalle y la ha enculado delicadamente. En cuanto a Simone, esta mañana se ha despertado al lado de una muchacha demasiado joven, aunque en todo caso mayor de edad, y, como le dolía la cabeza terriblemente, la ha echado de su apartamento pese a los gimoteos de la chica, que ignoraba hasta qué punto, pese a su contención marmórea, Simone tenía ganas de berrear. Sin embargo, se ha puesto a leer y, a ratos, perdía el hilo porque le volvían a la mente las declaraciones de amor de la muchacha. Simone también la ama un poco, si es que hay medidas para el amor, pero no debe entregarse más. Simone no es de piedra, aunque lo parezca. Está cansada de recibir las malas noticias siempre en primer lugar. Ahora no puede tirar la casa por la ventana. No quiere renunciar al amor que, desde hace décadas, construye voluntariosa, concienzudamente. Está convencida de que la muchacha se fatigará pronto de su cara de pájaro y de su afición al tabaco negro. De sus horas de estudio y del intercambio de recetas con Jean-Paul para mitigar las punzadas de las varices.

Simone ha recibido una llamada de teléfono para infor-

141

marle de la manifestación vespertina e, inmediatamente, se lo ha hecho saber a Jean-Paul. Ahora, caminan juntos a lo largo de Saint-Germain-des-Prés sin sentir el roce de la tela entre los muslos y sin mirarse, por debajo de la ropa, los respectivos genitales. Quizá Simone se acuerde de la suavidad de la muchacha, pero si es así, no tiene por qué decirlo. Caminando por Saint-Germain, ese detalle carece de la menor importancia. Tal vez, Jean-Paul y Simone estarían más a gusto sodomizando a Mathilde con una rama de apio o torturando verbalmente a un André enamorado de Simone un día, de Jean-Paul el otro. Sin embargo, caminan a lo largo de Saint-Germain. No tienen nada que ganar. Hacen lo que deben. Mathilde y André muerden la almohada en sus buhardillas bohemias y no han acudido a Saint-Germain, porque tienen otras cosas más importantes en que pensar, por ejemplo, sentir una lástima inmensa por ellos mismos, negarse a comprender cómo las visiones de sus cuerpos en flor no obligan a los viejos a olvidarse de todo lo demás. El despecho de André y de Mathilde es más trascendente, para mí, Lala, que soy una amable lectora, que doscientos mil argelinos muertos, que la guerra de Vietnam y que la preparación minuciosa, ya se ve venir, de futuras atrocidades. Dentro de unos años, cuando el mercado le dé cancha —el mercado, por otra parte, lo estará deseando—, quizá Mathilde publique la historia negra de Jean-Paul o el *dossier* prohibido de Simone. Tal vez hoy mismo André saque a la luz la correspondencia insultante y homofóbica que cruzó con Jean-Paul, y el hecho de que este rechazase el Premio Nobel se vaciará de su significado. *El ser y la nada* se volatilizará y tendrá la consistencia del *Libro de arena,* del desierto y del espejismo, del laberinto y de la levedad. Jean-Paul es un pesado. Y un intrigante. Lo divertido, lo patético, lo que nos hace reír y nos despierta curiosidad, muchos años más tarde de aquella manifestación en Saint-Germain, es el retazo de la vida secreta de Jean-Paul que él no eligió para su exhibición pública. Los almíbares o los trozos de carne de la vida privada se salen de las puertas de la casa, las desbordan: alguien los va sacando con un alfiler de comer caracoles y ya no caben los arrebatos ni las llamadas del instinto, ni los esfuerzos realizados hacia el exterior. Jean-Paul es intelectualmente un pesado, y desde la historia personal se busca la causa de tanta vocación de mosca cojonera: Jean-Paul comienza a ser un rijoso y, desde luego, un cínico. El cinismo se relaciona con la exigencia de predicar con el ejemplo. Se impone un modelo irreprochable de conducta victoriana que, por otra parte, yo, Lala, llevo a rajatabla en mi diaria vida actual. Las palabras del cuadernito de Raymond, en el fondo, así lo corroboran.

Adrián y yo nunca despertaremos ese interés retrospectivo que se vive hacia Jean-Paul y Simone, pero durante nuestro encierro, leyendo *Las bellas imágenes*, justo en el pasaje en el que Laurence intenta suavizar el sufrimiento y la deshumanización de las muchachas que cotidianamente colocan rodajas de zanahoria sobre una rebanada de algo, para que una amiga de su hija Catherine, que empieza a descubrir el dolor de los que no viven entre algodones, lo entienda sin llegar a ponerse mustia como una flor, justo entonces recordé nuestra pequeña historia paralela y me pregunté quiénes eran los moralistas y cuál era el significado de ciertas palabras mientras podía ver perfectamente cómo Raymond había abierto un poco más el diafragma de su aparato para mirar, y yo estaba a punto de salir al balcón para gritar que era una puta y que siempre lo fui.

Día 67

Algunos días yo mismo siento miedo. Elisa ya ha trinchado el ave suculenta que nos ha preparado para comer y nos llama para que pasemos al comedor, al lado de la cocina. Al fondo de la casa. Elisa nunca abandona las habitaciones de la parte interior del piso. Es una mujer precavida que no da pasos en falso y no quiere que nada salga mal. Elisa no ha podido camuflar su aspecto, y aunque hace ya muchos años que vivió su pesadilla particular con Adrián, en sus continuas visitas al espejo de su alcoba se da cuenta de que físicamente no ha cambiado tanto. Tiene la impresión de que, aun vestida, Adrián podría ver su cicatriz por debajo de la ropa e identificarla como si fuera un cadáver archivado en el depósito. Elisa cree que, sin embargo, es muy posible que Adrián no se acuerde de su cara, de sus ojitos pequeños y de su pelo negro de ratita. El rostro de Elisa será una mancha borrosa para Adrián. Si yo tuviera que reconocer a Lala muerta, le abriría la boca para encontrar el diente partido y le cogería el meñique inerte a la búsqueda de un lunar oculto entre los pliegues de la primera falange.

Esther y yo pasamos al comedor. Elisa ha puesto la mesa y los filetes de ave huelen a ciruelas pasas y a vino blanco. También desprenden un leve aroma a foie. Elisa nos sirve unos platos generosos, mientras ella se reserva una única loncha y nos explica la necesidad de que las perdices lleguen a un estado de semiputrefacción para poder ser cocinadas con ese punto justo de amargor que las caracteriza. Colgadas de una pata boca abajo, las perdices están listas cuando caen al suelo. La patita ya está podrida. Las perdices ya pueden ser laqueadas o guisadas en el jugo de sus propias vísceras. Elisa nos prepara uno de sus bodegones. Esther y yo masticamos las delicatessen y Elisa nos sirve una segunda ración. No rechisto porque cada receta es una obra de arte que esconde un secreto. Tampoco me viene nada mal seguir engordando. Tal vez, mi recién estrenada obesidad me permita cruzarme con Lala por la calle, chocarme con ella y decirle: «Usted perdone, no se preocupe, no es nada» sin que me llegue a conocer entre las capas de carne que me cubren los pómulos y me esconden la pícara expresión de los ojos.

En cuanto a Esther, come y come, mastica, engulle, moja la baguette en la salsa de foie, pide pepinillos y, en el momento del postre, coge la porción más extraordinaria de la tarta de plátanos. Esther acaba y aparta el plato cuyo contenido acaba de devorar. Lo retira con una mezcla de placer y repugnancia. Con deseo saciado y odio. Elisa vuelve repentinamente la cabeza, como las lechuzas de noche cuando divisan desde lo alto de un árbol una presa móvil:

—¿Qué?, ¿no quieres más?, ¿es que no está bueno?

Esther se pone otra ración, sonríe a su madre y come para purgar sus culpas. Para no contrariar a mamá. Estas situaciones me resultan muy incómodas porque, de algún modo, me quitan la razón. Cuando Elisa se marcha a la cocina, Esther sigue masticando, pero también me mira, abre mucho los ojos, levanta las cejas y los hombros a la vez, aprieta los labios, coloca los brazos como una crucificada, vuelve hacia arriba las palmas de las manos, y yo no sé si solicita mi ayuda o me está pidiendo disculpas por lo intempestivo del tono de su madre.

A la vuelta de la cocina, Elisa le sirve otra ración más, e incluso una cuarta, y Esther mastica con método y, en la concentración con que mastica, se nota que quiere olvidarse de todo. A mí el miedo me brota cuando no sé qué es exactamente lo que desea olvidar con la febril ejercitación de sus mandíbulas. Los ojos de Esther también han desaparecido, su brillo, y el resplandor de su pelo negro. Sus mejillas están surcadas por una maraña de hilos fucsia. Esther va a reventar. Su madre le sirve otra ración de pastel. Yo tengo frío y me hago preguntas sobre lo que Esther olvida y sobre lo que recuerda y sobre hasta qué punto sus recuerdos son suyos o de su madre. La carne se me pone de gallina cuando tengo la intuición de que la mamá engorda a su criatura para que nunca escape de su lado y nadie la pueda querer. O quizá es que la odia porque un día, hace muchos años, le robó a un hombre bueno.

A veces temo por la salud metal de Elisa, pero ¿qué compañía puedo esperar yo? A menudo la madre le cuenta a su hija secretos al oído. Como si metiera la sorpresa en el relleno de un pavo. Más tarde, Esther, que es una muchacha mentalmente saludable a la que le sigue gustando conversar y abrirse a las personas, una muchacha obediente que está preocupada por su mamá, vuelve la cabeza y sueña con hamburgueserías y con helados de máquina.

Mientras Adrián sigue en casa convaleciente, yo comienzo a sentir la presión incluso cuando salgo a la calle. Doscientos mil millones de ojos me vigilan desde todos los balcones.

Llego a la esquina que es el lugar de la mujer sin casa. Lleva un moño alto muy tirante. Cuando la veo, pienso que enseguida esta mujer va a comenzar a lavarse como un gato lamiéndose primero la patita izquierda, después la patita derecha. Si alguien le arroja una moneda desde su superioridad de *Homo erectus*, es decir, si alguien introduce en el salón de su casa al aire libre una moneda desde lo alto, como una ofrenda de Papá Noel, esta mujer, que no cree en Dios, se caga en la puta madre del donante. Por las mañanas, a primera hora, abandona su esquina y blasfema, vocifera, mientras da vueltas alrededor de la boca de metro. Se mea abriendo las piernas entre dos coches sin bajarse las bragas y grita:

—¡No, no creo en Dios, no creo en ese hijo de la gran puta de Dios! ¡Que no, cojones, que no creo! Qué Dios, ni qué niño muerto, ni qué virgen María puta... ¡Que te laven a ti las de la iglesia! ¡Que te metan un cirio por el culo! No te jode, Dios...

Desde el día que la oí, le puse nombre: la mujer que no cree en Dios. ¡Porque ella lo diga!; en todo caso, no voy a ser

147

yo quien la convenza de que sí cree. Como todos creemos, porque ya se sabe que Dios tiene muchas formas. Es poliédrico, esquizofrénico, travestido y ubicuo. La mujer que no cree en Dios –seguro que existe un nombre indio, breve y concentrado para expresar esa idea en una sola palabra, Nublí, Lilaila, Cosya–, la mujer que no cree en Dios, Nublí, pongamos por caso, si no le das nada, si pasas de largo, emite un sonido continuo, una casi inaudible frecuencia de onda, con una vocecita aguda. El sonido es un reclamo para que te agaches y le preguntes: «¿Qué?» Ella, entonces, te contesta de corrido: «¿Podríadarmeunamonedaparacomprarunabarradepan?» A lo mejor, solo me lo pide a mí, porque me tiene confianza. Al fin y al cabo, piso su casa cada día cuando me dirijo al metro para acudir al colegio donde imparto mis estresantes clases de matemáticas. Paso rozando sus bolsas de plástico y me avergüenzo al temer que se me pueda pegar un piojo de paloma, mientras ella se mira en un espejito para pintarse una raya verde sobre el párpado inferior.

Cuando la mujer que no cree en Dios me formula la petición «¿Podríadarmeunamonedaparacomprarunabarradepan?», ocurren dos cosas diferentes: unos días hago como si no la hubiese oído, y otros me agacho y le pregunto «¿Qué?», e inmediatamente después respondo: «Sí, por supuesto», y le dejo la moneda en el centro de la palma de su mano. La dejo de una forma que no se podría calificar de distraída, la dejo voluntariosamente, con efecto. Ella está siempre en el mismo sitio y yo paso siempre a la misma hora, sin embargo me niego a establecer un vínculo entre las dos. No quiero darle, cada día, la moneda. Me acostumbraría. Por eso, algunas veces entro al metro por otra calle. A lo mejor, la mujer me espera. A lo mejor no. Esa ya es una carga suficiente.

Uno de los días en que dejo caer la moneda sobre el centro de su mano, mi carga se multiplica por tres al notar a mis espaldas los ojos de Raymond. Ese día me convenzo de que si dejo la moneda seré una monjita, buena y limosnera, que podrá dormir por la noche con la conciencia inflada como un huevo de Pascua. Si no la dejo, seré una bocazas, una cínica, incapaz de resolver un hambre puntual, escudada en mi vocación imbécil de acabar con todas las hambres sin hacerle concesiones a una sola. Tal vez por esa razón yo misma jaspeo mi conducta con la mujer de la esquina y, un día sí y otro no, le doy una moneda; un día sí y otro no, voy a coger el metro por esa calle o doy un rodeo.

Si Raymond al mirarme entendiera lo que pienso, sus pisadas detrás de mí actuarían como una malla de protección. Pero Raymond no entiende nada, y yo ni siquiera me doy la vuelta para comprobar que es él quien me persigue, ahora, excediendo los límites de mi piso, extendiéndose como una mancha de aceite por esta ciudad que es una casa que la mujer que no cree en Dios y yo compartimos. La mujer sin casa y yo podríamos ser desde luego la misma persona.

Me sumerjo deprisa en la boca de metro. Llevo unos zapatos como los que usan en las boleras, y puedo acelerar mucho el paso, porque siento a mis espaldas la mirada del hombre del jipijapa, y de repente la duda de si será en efecto Raymond me hace sentir pánico. No sé qué circunstancia es preferible. No puedo elegir con la misma convicción y rapidez que cuando era una niña y, jugando a *pase misí, pase misá*, gritaba a voz en cuello «¡Manzana!» sin un resquicio de duda, «¡Manzana!, entre la pera y la manzana, prefiero la manzana». Saco rápidamente mi abono de transportes, lo introduzco por el torniquete metálico, que esta vez me da luz verde a la primera; lo empujo y bajo apresuradamente los cuatro tramos de escaleras, recto, a la izquierda, oigo cómo el vagón va a entrar en el andén, no vuelvo la vista atrás, ahora a la derecha, esquivo a los pasajeros que suben las escaleras para salir al exterior, recto, adelanto a los pasajeros que van más despacio, en el último tramo corro, aunque casi no puedo respirar, me escapo como un pez de escama deslizante y entro en el tren justo en el momento en que las puertas se cierran.

Las puertas mecánicas están a punto de pillarme y los viajeros dicen «¡Huy!», y me observan, con cara de susto, como si estuviera loca. El que me mira peor es el guardia de seguridad del metro. Estaba precisamente en ese vagón. Me mira con cara de asco y se toca la porra. Se va a acercar a mí para que le deje ver mi abono de transportes y yo lo habré perdido mientras corría y él, pegándome, me llevará hasta el cubículo en el que retienen a los infractores. Después no sé qué me puede pasar. De pronto, no sé si preferiría que Raymond me hubiese alcanzado y me hubiese defendido de ese guardia que se va acercando a mí y me pregunta:

—¿Está usted bien, señora?

—Perfectamente, gracias.

El corazón se me sale del pecho. Perfectamente. Soy una señora, aunque yo todavía crea que mi aspecto hace desconfiar a esos guardias de seguridad que, cuando se enfadan, son inexorables. Ya soy mayor para correr así con mis zapatos de jugar a los bolos. Cojo aire, limpio mis pulmones con una larga espiración y me doy por fin la vuelta para comprobar que nadie ha entrado en este vagón detrás de mí.

Día 70

Sería interesante reflexionar sobre cuál fue el punto de arranque de muchas de mis manías. Mi manía de mirar, de escribir, de preparar experimentos, de coleccionar objetos personales. Tengo un álbum de fotos y de anotaciones en el que también incluyo pequeñas cosas que pueden guardarse entre dos hojas de papel: billetes de avión, entradas a museos, pétalos de jardines visitados, planos de ciudades. Esta es una de las manías que conservo de la época en la que me hubiera gustado despertarme una mañana siendo absolutamente homosexual.

En mi álbum de viajes quedan fielmente reflejados esos estados de ánimo que se crispan cuando uno sale de casa. Es asqueroso pasar calor en una línea de autobuses o que te piquen las chinches. Comer fuera de los horarios habituales. Aguantar una cola demasiado larga para visitar, por ejemplo, el zulo de Anna Frank. Escuchar toda la noche el motor del aire acondicionado. Hacerse ampollas por empeñarse en recorrer a pie el trayecto que une la Plaza de los Vosgos con Montparnasse. Pasar la noche en el aeropuerto sufriendo una escala de más de cuatro horas. Está demasiado alta la música del cabaré del último piso y me parece repugnante el aporreado de tasajo. Los niños me piden monedas y se me ofrecen sexualmente en un café de Agadir. En la piscina de Hamamed he pisado un sapo que estaba escondido entre la *hierba. Se me ha reventado el culo por el calor. Temo padecer una úlcera sangrante. Pero tan solo se me ha reventado el culo a causa del calor. Pago demasiados francos por mear en el Sacre Coeur. En Roma, casi muero atragantado por una* tagliatella *a la que se había enganchado la fibra de un estropajo de aluminio. He cogido frío y, en las farmacias de este país, no voy a encontrar medicamentos. Nada me curará esta cistitis. El sol me ha quemado la espalda. Siempre es preferible viajar solo.*

Pese a que este memorando de viaje tiene un carácter íntimo, me encantaría que Lala lo leyese. De hecho, la decisión de alquilar el observatorio fue el resultado de desempolvar mi álbum y de rememorar un viaje con Lala y con Adrián, antes de que se casaran. Cuando yo remoloneaba por su vida. Quería estar y no estar al mismo tiempo. Recordaba mi cara de tonto sentado en aquel vagón del metro de la línea diez —¿adónde iba yo, adónde me dirigía sentado en un vagón de la línea diez?— y quería estar y no estar, detenido en ese maravilloso segundo en el que Lala corría detrás de mí sin llegar a alcanzarme y, sin embargo, yo podía sentir a mis espaldas el calor de su sudoración. Tal vez uno de estos días juegue a invertir el recorrido y vaya apoyándome por las esquinas, sin correr, porque ya somos mayores, escrutando a Lala para corroborar lo que ella sentía cuando la dominaban el ímpetu y la vocación de poseerlo todo. Justo después del instante atlético de mi huida, yo remoloneaba y lo que me ponía de peor humor es que me aceptaran sin excesivos problemas. No soy ni mucho menos leninista, pero mi cultura general me ayudó a llegar a la conclusión de que sería interesante agudizar las contradicciones: les propuse un viaje. Lo hicimos.

Después quedé desconcertado durante años. Fui recopilando materiales, fechas y datos sin una meta clara. Las piezas dispersas empezaron a conformar algo concreto con el hallazgo, tal vez no tan fortuito, de mi viejo álbum. Como ya he dicho en otro momento, no creo en las casualidades, sino más bien en la providencia. Mi álbum es la providencia. Elisa es la providencia. La

152

suma de providencias convierte el azar en algo inconsistente. Entonces, el destino hace su aparición. Tiene que existir algún modo de que yo concrete mi desconcierto durante los ratos perdidos en los que no persigo a Lala, que, vista de espaldas, parece una niña de las que se entretienen contemplando un escaparate o el vuelo de una mosca y casi siempre llegan tarde a la escuela.

Ya no vivo las mismas fantasías que cuando era niña y volvía corriendo a mi casa, jadeante, con el fantasma y el deseo de que un hombre me persiguiera, y yo quería y no quería que me alcanzara. Llegaba a casa muy excitada por el triunfo de que el hombre no me hubiese cogido. Por la sospecha de que ese hombre existía o existiría alguna vez. Por la reconstrucción de lo que me haría si me llegaba a cazar. Atraparme contra una pared y tocarme de arriba abajo. Meterme los dedos. Lamerme y desposarme y aislarme de las cosas que suceden.

Mientras entro al colegio y aparentemente Raymond ya no me pisa los talones, tomo conciencia de haber superado esa fase masoquista de mi sexualidad. Y me felicito. Soy una mujer que ha caminado mucho sola por la calle. El crecimiento me ha arrebatado cierta capacidad de jugar, de ensimismarme con ficciones que, el día que se materialicen, no serán sueños cumplidos sino pesadillas. Es muy posible que me esté perdiendo algo, pero ahora no tengo tiempo de pensar en ello. Creo que Raymond se ha quedado anclado en esa fase primeriza del querer y no querer.

Adrián está solo en nuestra casa. Uno de esos pisos que son el resultado de un proceso de fragmentación. Las viviendas de doscientos metros cuadrados del centro de la ciudad se fracturan en pequeños apartamentos para jóvenes profesionales liberales sin hijos, muy preocupados por los ruidos, por la inseguridad ciudadana, por la caza indiscriminada de ballenas, por los festivales de cine de Cannes, Berlín, Venecia, San Sebastián. Los tabiques son de papel, pero se conservan las molduras que adornan los techos, muy altos y con apliques para colgar arañas de cristal. En nuestros nuevos hogares, desaparecen las cocinas de carbón y las bañeras de patas, y los comedores se pintan de colores vivos; los tradicionales cabeceros de madera se sustituyen por horrendos catres orientales.

Adrián está dormido en uno de esos sillones que se compran en tiendas de muebles en serie. Nosotros también pecamos con ciertas comodidades del consumo y no nos arrepentimos. Se trata, sobre todo, de no malgastar energías revisando de noche los contenedores de obra, escarbando entre las bolsas de escombros para hallar al final una mesilla infestada de carcoma o un sofá al que hay que cambiar los muelles. Un espejo con el azogue oscuro. Mechones de pelo. Se trata, sobre todo, de ser coherentes y no caer en la sofisticación del esnob.

Chavi me ha prometido que, más tarde, se acercaría a pasar un rato con Adrián. No quiero que Adrián pase mucho tiempo solo, porque tal vez se desespere y clausure las ventanas con trozos de cajas de cartón. No quiero que pierda su dignidad, ni que se dé por enterado ni que se deje embaucar ni que renuncie y permita a Elisa entrar en nuestra casa para que le llene la boca de bombones.

Mientras Adrián se queda reposando, yo acudo a mis clases de matemáticas. Raymond me espera detrás del cristal de la puerta del aula. Puedo identificarlo, pero yo sigo mi clase. La figura que distingo, tras el cristal de la puerta de esta aula de ciencias, es la del hombre que nos acecha desde el balcón de enfrente. La del hombre cuya persecución había creído frustrar. Es Raymond. Yo, Lala, que no soy funcionaria pero sí profesora de una escuela privada –y esa sería otra de las contradicciones que a Raymond le gustaría reprocharme olvidando que no todas mis decisiones parten de mi voluntad–, me quedo detenida en ese momento que para mí es larguísimo y para mi esposo minúsculo. Aunque tal vez Raymond, haciendo bueno el dicho de que todos los caminos conducen a Roma, me espere hasta la salida, yo ahora no quiero pensar en él. Dispongo del inmejorable argumento de encontrarme en mi puesto de trabajo.

Cada día los alumnos me dan más miedo. Me da miedo su indiferencia y sus cabelleras de mechones de lana fucsia. Las niñas vienen a clase vestidas como prostitutas: se embuten dentro de camisetas modelo palabra de honor y, sobre sus torsos cilíndricos, apuntan unos pechos como botones de un traje de azafata. Como almendrucos con la cáscara aún verde. Otras exhiben unas mamas protuberantes. Recuerdo mi propio desconcierto y mi rubor al acompañarles en un viaje de fin de curso. Entro en una habitación, para dar un recado, y sorprendo a una niña desnuda, plana como una tabla de planchar, con un pubis ya absolutamente ennegrecido por el vello. La niña se encuentra mal. Acaba de tener su primera menstruación y, al descubrírselo, me sonrojo. Ella está dolorida, tan vulnerable como impúdica, y no puede detener su incontinencia. Todos los adolescentes son vulnerables e impúdicos. Esconden formas en su anatomía que producen una mezcla de pudor y de rechazo mutante. La mariposa, a medio hacer, es arrancada de la crisálida. Las clases de ciencias naturales son mágicas y asquerosas. Todos los adolescentes dan vergüenza, cuando impostan la voz y se hacen los mayores al pedir un botellín en un lugar público donde se codean con gente que ya está formada, cocida, a punto de descomponerse. Los adolescentes son ostentosos y están fuera de lugar. Producen inquietud y, al mismo tiempo, lástima.

Las niñas de mi clase lucen pendientes de plástico y com-
plementos de colores. Se pintan las uñas y se ponen brillo en
los labios. No las puedo ni ver. Hacen el bachillerato porque
quieren ser presentadoras de televisión. En cuanto a los chi-
cos, parecen gansos. Tienen voz de ganso y maneras de ganso. Son muy altos. Me da pánico que no sepan resolver en
sus cuadernos la derivada que desarrollo en la pizarra. No sé
qué cara ponerles. No sé si recriminarles o reírme o volvér-
selo a explicar. No encuentro a quién echarle la culpa y evi-
to, día a día, echársela a ellos, aunque a veces creo que no les
vendría nada mal sentirse culpables de algo. Temo sus reacciones mientras me rodean los murmullos. Escucho, por encima de las demás, las palabras de Rodrigo Casares y me hago
la sorda. Rodrigo no está hablando de la derivada ni de los
cosenos. Me tiembla un poco la voz y, sin embargo, a ratos
estoy cómoda dentro de esta aula cargada donde la cabeza me
duele a causa del aire viciado, de la estatura de los niños, del
olor de sus axilas, de los neones, del peso acumulado por una
manera desquiciante de aprender las matemáticas un curso
detrás de otro.

A veces, los muchachos son tiernos y a mí también me
producen ternura porque, al confrontar mi imagen a los ca-
torce o quince años con la suya, creo haber sido muy afortunada. Yo he jugado en la calle. He tenido oportunidades de
trabajo que desaproveché. He vivido experiencias sexualmente sanas y he disfrutado con sustancias que no han transformado mi organismo en un calambre. No he tenido que
aprender tres idiomas comunitarios ni estudiar quince horas
diarias para evitar que me colocaran en el saco de los desahuciados. No he tenido que ser rara como Esther para aparentar cierta admirable inteligencia psicopática que me evite convertirme en firme aspirante a cajera de supermercado.

En la primera fila, Fanny toma nota de todo lo que digo
sin entender nada. Transcribe al dictado mis razonamientos

157

como si estuviera recogiendo las inflexiones de mi voz sobre una partitura. El espectrograma de mi entonación, de los sonidos que emito, no traspasa la cortina de sus ojos clausurados. Fanny anota y anota. Anota tanto que comienzo a dudar de que registre las evoluciones geométricas, el cálculo de esta extraña lección de matemáticas. Pastosa dentro de las paredes de la clase. Rosalía y David notan que, a diferencia de otros días, no tengo hoy mucho sentido del humor.

—Seño, ¿está enferma?

—De verte.

Risas parciales de estos niños para quienes soy la seño. No soy Lala. No tengo un diente partido. No me gusta la cerveza. No me acuesto con Adrián. Soy la seño y estoy en un lugar en el que ni se me permite reconocerme. Soy extraña y reboto como una pelota de goma. La seño nunca se rompe. Estas criaturas son tan ignorantes. Estoy explicando la secuencia de resolución de la derivada y el temblor de mi voz me produce tantas dudas sobre quiénes son los culpables de la ignorancia, los mayores, los alumnos, los maestros, yo misma, el temblor de mi voz me crispa tanto que decido no exponerme más, disfrutar de mis pequeños privilegios, hoy no estoy en condiciones de someterme al examen de mis alumnos, los atentos y los desatentos, los que van a pillarme, los que me ignoran, los que me desafían, los que buscan en mi vestimenta dobladillos descosidos o cuentan las veces que repito un jersey durante la misma semana, hoy estoy tan cansada de los castigos que me infligen, de los castigos a los que no respondo y que ya no sé si merezco, que solo puedo dar la vuelta a la tortilla del lado de los que me temen y castigar esgrimiendo una potestad de la que no suelo hacer uso. Me detengo en la resolución de la derivada y digo el primer nombre que me viene a la cabeza.

—Casares. Sal a la pizarra.

—¿Seño?

158

—A la pizarra.

De pronto, las cosas han cambiado. Casares coge la tiza porque se lo mando yo y porque de repente le parezco otra persona.

—Resuélvelo.

—¿Seño?

—Te he dicho que lo resuelvas.

—No sé.

—Hazlo.

Casares mira la punta de la tiza con escepticismo y después mira a sus compañeros. La clase se sume en un silencio que, un segundo antes, era muy relativo. Uno de los gansos ha salido a la pizarra y no sabe. Vacila. Se confunde. Se atolondra completamente y yo le miro aún sin decir nada. Estoy en mi derecho de ejercer esta pequeña crueldad que, poco a poco, enrojece los ojos de este niño para quien mi orden ha sido una sorpresa. Muchas veces hemos hablado de que yo era una trabajadora que cada día me ponía delante de ellos para enseñarles lo que sabía con la mejor voluntad. Ellos me respetarían por eso y yo no les humillaría, pero ahora, que me he sentido ridiculizada y expuesta, ahora que he presentido que tengo un mote y que no puedo negociar ni ponerme al mismo nivel que estos engendros insensibles, ahora que me sudan los sobacos y se me seca la boca, tal vez por una causa que excede la culpabilidad de mis gansos y de mis pequeñas nínfulas, ejerzo mi autoridad y soy un poco torturadora en mi clase de matemáticas de las diez treinta de la mañana.

—Siéntate.

Casar se sienta y los demás se quedan alucinados. Los estoy mirando de frente y no les sonrío como es habitual. Los veo como los hijos de sus padres. Como los hijos de mis vecinos. Me irrita pensar que, cuando lleguen a su casa, incluso los estudiantes más atentos se compadecerán de mí; los que

159

parece que han entendido algo de las lecciones o del trato que debemos dispensarnos los unos a los otros, cuando lleguen a su casa, pensarán que soy una pobrecita, un cero a la izquierda, mientras ellos hacen planes para no estar en el saco de los desahuciados y comprarse un coche potente y un chalé. Los que aparentan haber aprendido algo son, sin duda, los peores, pero ni siquiera en ese momento en que la lucidez me rompe la frente puedo asumir este papel de verdugo que mantiene la clase en un silencio escéptico a la espera de los nuevos terrores que, sin duda, puedo maquinar y ejecutar. Puedo pronunciar otro nombre. Puedo dejar caer que voy a telefonear a algunos padres. Puedo escribir suspensos a perpetuidad en los boletines de notas y preparar castigos para después de la clase. Pero esta conducta excedería los límites, tal vez incitaría a un ridículo motín. A los gansos y a las pequeñas coquetas –nínfulas y hadas chillonas dentro de su círculo maligno y estúpido, celosas Campanillas– aún les queda cierto sentimiento colectivo, meramente formal, epidérmico, heredado de las series de televisión americanas, que enseguida se diluye con amenazas individuales cuidadosamente dirigidas. De uno en uno. Sigo mirándoles a la cara y de pronto algunos rostros se humanizan, a las coquetas se les corre la raya del ojo y los gansos pierden plumones y yo no me puedo ver a mí misma ejerciendo esta violencia impunemente con una ineptitud que nada tiene que ver con la ferocidad, la lástima o el asco con los que observaba hace un instante los picos de ganso o las telas de lycra sobre los pezones aún malogrados, dolorosos. Articulo dos palabras:

–Lo siento.

Recojo mis cosas. Salgo de la clase antes de que suene el timbre. Mis alumnos, sin embargo, no están contentos. Mis alumnos son como lactantes que se desestabilizan cuando lo previsible no se cumple. Salgo de la clase con la idea recurrente de que soy yo quien debe dar la cara ante Raymond. No.

He de obligar a Raymond a que él dé la cara conmigo. Adrián está demasiado débil por el peso de algunas imágenes y algunas ingratitudes. Sin embargo, Raymond no me espera en el pasillo. Él se ha enterado antes que yo de lo que ocurre. Ha regresado precipitadamente a nuestro barrio. A mi casa también han llegado ya las fuerzas de orden público.

Día 71

Salimos un jueves por la tarde. Así consta en mi diario. Lala
y Adrián han preparado una mochila conjunta y eso es lo primero
que me molesta. No me lo confieso a mí mismo y juego a la desen-
voltura. Allí llegan ellos con su aspecto de Livingston y de Supon-
go. Están guapos. Parecen sanos. Ocupamos los asientos traseros
del autobús. Continuamente debemos recolocar nuestros miembros
sobre los reposacabezas y los apoyabrazos. Corremos las cortinas
cuando hace sol, y cuando se pone, apoyamos la frente contra el
cristal para ver las luces de las ciudades que vamos dejando en los
márgenes de las carreteras. El viaje es eterno. Del centro hacia el
mar, después bordeamos la línea de la costa, llegamos a Algeciras,
soportamos la cola de la aduana. Alrededor del área de control de
pasaportes permanecen sentadas algunas familias. Parece que lle-
van allí años, al menos meses, como si fueran a sacar un infierni-
llo para calentarse una lata de alubias en la que todos meterán su
propia cuchara. También son curiosas las escenas policiales que se
intuyen detrás de cada ventanilla de la aduana: los pequeños so-
bornos, los registros de maletas, los dientes de los perros cazadores
de hachís. Por fin, tomamos el ferry. Hay marejadilla y la travesía
es muy desagradable. Adrián acompaña a Lala a la cubierta para
intentar que se le pase el mareo. De pronto, hemos llegado y el aire
huele a especias que no reconozco, se escuchan sonidos diferentes,

la temperatura es una capa que me cubre los brazos y me arropa. No me tengo que defender de la temperatura, porque la temperatura, al cruzar el estrecho, me protege. Lo digo. Adrián está al quite:

—Eso es porque eres turista.

A Adrián le hago gracia. Yo le río las suyas. No le doy absolutamente ningún miedo y eso me molesta. Adrián está convencido de que, pase lo que pase, no tengo la menor oportunidad de recuperar a Lala. O tal vez sí y finge, y se contiene haciendo bromas idiotas que cortan de cuajo mi sinceridad y mi lirismo. Yo no quiero recuperar a Lala, y Lala se comporta como si no tuviera nada que reprocharme y no me guardara ningún rencor. A lo largo del viaje en autobús, ha apoyado su cabeza en mi regazo varias veces para dormir y yo creo que, con disimulo, me ha olido. Ha metido su naricilla puntiaguda entre mi ropa. Sus ojos chispeantes han escudriñado, abiertos, entre los pliegues de mi camisa. No ha tenido ningún pudor al cogerme la mano para explicarme alguna cosa en presencia de Adrián. Incluso le ha contado detalles de nuestra pasada vida íntima que me han hecho reírme como un tonto, porque no sabía qué otra cosa podía hacer para aparentar normalidad. Lala lo está enrareciendo todo con su amor por las historietas. Con esa naturalidad para acercarse a las personas que desea oler.

Viajamos varios días como si nos compartiéramos. Al llegar la noche, después de fumar unas briznas de hachís en la terraza de cualquier hotel de Rabat, de Agadir o de Casablanca, Lala y Adrián suben a su habitación y la puerta se cierra para mí. Soy libre y me enturbio con kohl la pupila.

—Voy a pasar un rato con los viejos fumadores de kif.

Lala y Adrián me sonríen y se despiden con un gesto. Por mi parte, como si estuviera entusiasmado, como si fuera yo quien no quisiera entrar en su habitación, trisco hacia el grupo de ancianos y saludo, enfundado en mi chilaba, con chispas de kohl clavadas en los ojos. Mis ojos se entornan y solo los miro cuando

163

Lala y Adrián ya están lo bastante lejos. Él le mete la mano por debajo de la camisa y ella le saca la lengua. Juguetean. Yo me lleno los pulmones con el humo de la pipa de kif.

Las noches son largas y puedo aprovecharlas. Tomo copas en los hoteles con los desconocidos que nos acompañan en el viaje y entonces soy la personificación de la felicidad. Sin embargo, hay viajeros que tratan de protegerme cuando las puertas de las habitaciones se cierran delante de mis narices. Algunas noches no duermo y otras rechazo invitaciones que, en otras circunstancias, no me hubiese gustado desaprovechar. A la mañana siguiente, Lala me vuelve a coger por la cintura y me acaricia la mejilla al recomendarme que pruebe un tajín de pescado de desagradable aspecto. Lala me acaricia la mejilla, como a un niño, en un restaurante y en otro; me sonríe cuando conversamos con el resto de nuestros compañeros de viaje que, al vernos a los tres juntos, siempre exclaman para sonsacarme confesiones:

—Es increíble lo bien que os lleváis.

Hacemos fotos de los lugares por los que vamos pasando. Hemos descendido por la costa marroquí y hemos traspasado el umbral de las puertas del desierto. Visitamos ciudades que, de noche, se clausuran. Corremos por sus calles estrechas con la angustia de llegar a tiempo a la explanada en la que espera el autobús. Fantaseamos con la posibilidad de quedarnos encerrados para siempre en esa ciudad caliza. Pero Adrián está al quite:

—Acuérdate de que esto no es una novela del Paul Bowles.

Adrián es muy buena persona, pero a veces tiene muy mala leche. Subimos, ahora, por la franja interior del país, vamos atravesando los Atlas, y Lala me acaricia la oreja y me coge de la mano para caminar por los pueblos, mientras Adrián conversa con otros turistas que le siguen comentando lo bien que nos llevamos los tres. Se supone que tendría que ser yo quien tratase de escarbar secretamente en el cuerpo de Lala para desconcertarla e incomodarla. Y sin embargo no me atrevo y me intimidan sus aproximaciones y cada una de las antiguas familiaridades que le brotan

164

de los dedos cuando paseamos por los jardines o contemplamos los palacios imperiales. Lala y Adrián me están atrapando. Yo pretendo separarlos para marcharme más tarde. Pero como no lo consigo, me quedo pegado a ellos como las moscas a los cuernos de los carneros en los tenderetes de los mercados marroquíes.

Adrián dormita en el sillón escuchando la sinfonía *Pastoral*. Está de espaldas a la puerta de nuestro salón-comedor y no percibe el clic de la cerradura. La confianza de Adrián respecto a las personas particulares le hace enfadarse conmigo cada vez que le hablo de una puerta blindada, de una cadenilla de seguridad, de un seguro de vida, de redactar un testamento. De ti para mí y de mí para ti. Es posible que, en el mismo instante en que los deditos de la madre y de la hija maniobran hábilmente con su ganzúa, Adrián caiga completamente dormido por el cansancio y los tranquilizantes que toma desde que llegamos del hospital.

Esther y Elisa se cuelan dentro de mi casa. Esther lleva una lata de gasolina en la mano. Elisa coge la lata y empapa los estores. Prende fuego. Adrián se despierta. Elisa se le echa encima. Esther está de pie. Parada. Mi marido y Elisa forcejean, y la lucha es menos desigual de lo previsible: mi marido está débil, vive una situación borrosa, no quiere utilizar su fuerza bruta contra la cara de una mujer de la que se compadece. Elisa está loca, y los locos tienen una fuerza terrible. Los dos luchan, mientras Esther sale corriendo hacia la cocina. Puede que haya decidido apagar el fuego. Pero llega tarde. Las llamas de los estores rozan el pelo de Elisa. El pelo arde. Adrián le tapa la cabeza con la manta que lo arropaba. Esther llega de la cocina con un cubo de agua que vierte sobre la cabeza de Elisa. Adrián la tiene sujeta en el suelo. El pelo de Elisa se apaga.

Arrodillado junto al cuerpo herido de Elisa, Adrián ha visto llegar a los vecinos que se colaban en casa con los extintores de los rellanos de la escalera. Ha visto a Esther inmovilizada en un rincón y a una vecina que le decía: «Pobrecita, pobrecita, no te preocupes, vamos a llamar a la policía, vamos a llamar a una ambulancia, no te preocupes, tu madre va a ponerse bien.»

La patrulla del barrio no tarda demasiado en llegar. La patrulla del barrio siempre llega antes que las ambulancias. Los vecinos se empeñan en que siempre haya una patrulla a la vuelta de la esquina. Es su concepto de la seguridad.

Los policías escuchan los balbuceos de Elisa. A Elisa le brotan palabras entre los labios chamuscados. Un policía la mira fijamente:

—Señora, ¿cómo han entrado en la casa?, ¿quién ha abierto la puerta?

Elisa se traga sus babas secas:

—Él.

El policía no soporta seguir observando ese agujero que habla entre una masa informe con dos ojos oscuros que, de repente, se han hecho muy grandes. El policía se dirige hacia Esther, pero Elisa le agarra del brazo, es como si le dijera lo siento, tienes que seguir mirándome, tienes que escuchar mi voz aunque suene a gargarismos.

—Mi hija, no. No.

No importa que le duelan los labios, que no sienta los ojos, Elisa puede seguir pronunciando monosílabos para responder a las preguntas del policía:

—¿De quién es la lata de gasolina?

—Suya.

El dedo de Elisa ha señalado a Adrián. Elisa devuelve a

Adrián dedo por dedo. Los dedos han sido muy significativos en la relación de mi marido con Elisa. Los dedos desprecian, interrogan, acusan. Después, las informaciones recibidas por radio, los libros, las revistas, el busto de Lenin, la camiseta con la foto del enmascarado comandante Marcos que Adrián lleva puesta, los comentarios de los vecinos, han aclarado la situación a la policía. No importa lo que Adrián declare, aunque lo cierto es que permanece mudo porque no puede creer que nadie salga en su defensa o utilice el sentido común.

Sin embargo, nadie es lo que esconde, sino lo que demuestra todos los días, y ahí Adrián mostró su ingenuidad al no percatarse de que esas primeras impresiones cambiarían a peor cuando unos delitos se sustituyeran por otros y la biografía agrandase el delito y el delito sirviera para empequeñecer la biografía. Así que teníamos razón al contestar a los teléfonos con recelo porque, cuando por fin llego a mi casa después de una incomprensible llamada a la sala de profesores de la escuela, Adrián está siendo esposado y dispone solo de un minuto para contarme lo que ha ocurrido. Los vecinos no pierden la oportunidad de mostrarnos su desconfianza, incluso su repulsión hacia nosotros.

Llega, por fin, la ambulancia. Elisa ya no se queja. No balbuce. Ha dicho lo que tenía que decir. Tiene los ojos abiertos. La policía se lleva a Adrián, que está obsesionado con la imagen de Elisa, sobre la camilla, con los ojos abiertos. Sin párpados. Mientras se le quemaba el pelo y la carne, Adrián se acordaba de su abuela que chamuscaba las patas de los pollos en los quemadores de gas de una antigua cocina.

Aún hoy se percibe el olor de la grasa al fundirse. El mismísimo Raymond se lleva de vez cuando, discretamente, su pañuelo perfumado a la nariz.

Día 72

Marrakech es una ciudad con una plaza amplia llena de falsos encantadores de serpientes. Por las calles, estrechas y blanquecinas, sin pavimentar, entre verduras pisoteadas sobre el barro, resbalan líquidos. De día hace un calor insufrible, pero, al mirar por las ventanas, el cielo es azul oscuro, lleno de luz, parece que se fuera a caer sobre nuestras cabezas. Aquí el cielo es como la tapadera de una caja en la que está encerrada la ciudad y la plétora de sus habitantes.

Como estamos en el interior de una caja, como nadie nos va a oír, al llegar a Marrakech Lala me franquea la puerta de su habitación y yo acepto. Primero, le pregunto por Adrián, y ella me contesta que donde está ella, está Adrián. Me extraño. Me hipnotizo. Entro sin entender por qué me abren la puerta los dos juntos. Tal vez esperan algo de mí o me quieren dar una lección.

Los tres alquilamos una alcoba en una pensión regentada por una mujer muy grande que se ríe para enseñar su diente de oro. Adrián paga porque es el mayor, porque son pareja, porque se niega a calcular la parte proporcional que me corresponde, porque a Lala él quiere invitarla, tenerla incluida en sus gastos y sus ingresos.

La mujer se carcajea cuando nos alquila un cuarto de tres camas y le guiña el ojo a Lala. También le da toallas limpias, y

cuando Lala las recibe y se lo agradece, la mujer vuelve a carca-
jearse. Da la impresión de que a la mujer no le parece mal lo
que va a pasar en un cuarto de su casa y que incluso le gusta
Lala. Tal vez, la admire un poco porque le ofrece en un horren-
do francés una ducha gratis. Nos ha explicado que las duchas se
pagan aparte, pero para Lala van a ser gratis todos los días. La
ducha consiste en un chorro helado en un cuarto alicatado hasta
el techo. El suelo es de tablas podridas de madera. La mujer,
después, nos da la espalda, se olvida de nosotros y comienza a
vociferar a sus empleados, muchachos jóvenes que emprenden la
carrera a cada grito. Es la dueña. La única que alza la voz en
ese lugar. La que se coloca detrás de la caja para negociar el pre-
cio de las habitaciones y guardarse los dírhams entre los refajos.
Cuando Lala baja a disfrutar de la ducha regalada, la mujer le
sonríe continuamente. Su risa ha dejado de ser una carcajada y
es un gesto lleno de dulzura. A Lala no le ocurriría nada si tu-
viera que quedarse aquí bajo la custodia de esta gobernadora
general del diente de oro.

Después de su ducha, Lala sube al cuarto, limpia y fresca, y
nos cuenta su cruce de miradas con la mujer. Ninguno de los
tres inquilinos sabemos cómo iniciar el juego que nos ha llevado
hasta este lugar en el que los hombres estamos intimidados y
Lala se va creciendo poco a poco, tomando las riendas y dando
las órdenes sin necesidad de gritar, sin necesidad de decir, distri-
buyendo el tiempo y el espacio con la misma eficacia que la mu-
jer del diente de oro. La dueña.

Al salir del cuarto, descubro que, para Lala, la tarde detrás
de esa puerta cerrada ha sido un modo de apaciguar una curio-
sidad que en ella siempre fue bestia rabiosa. Además, nadie po-
dría renunciar a sentirse tan amado, o no, no tan amado, tal
vez la palabra sea fascinador. *En Marrakech, la curiosidad y el*
deseo de Lala de ser absolutamente fascinante comen y se apaci-
guan. Si me paro a reflexionar sobre la curiosidad, veo que es
un poliedro: la curiosidad de tres en un mismo catre y también

170

la del redescubrimiento de mi piel y de mis olores una vez que ha transcurrido un periodo de la vida, una distancia. *Cuando hemos conocido a una persona, siempre quedan resquemores en una nueva aproximación, los gestos nunca son naturales, aparece el resabio y a la vez la incertidumbre de comprobar si todo será una repetición, una rutina, una evocación maravillosa o algo irreconocible.*

Los tríos no son tríos. Al menos el nuestro no lo fue, porque Lala y Adrián hacen el amor delante de mí, ella abajo y él encima, mientras yo le sujeto a ella la cabeza como si mis manos fueran una almohada. No rozo a Adrián ni él me roza a mí. Cuando ellos acaban y Lala se me acerca, ofreciéndome la marca de su diente partido, oliendo a leche de cabra y a queso fresco, yo eyaculo al mínimo contacto de su boca y ella tiene que escupir. Le pido perdón. Después me visto y me despido.

—*Nos vemos a las diez en la terraza del Café Francia.*

—*A las diez.*

Aparentamos naturalidad. Cierro la puerta. El ama está en el pasillo y me observa con desprecio. Incluso pone los brazos en jarras. En el dormitorio permanecen Lala y Adrián empezando a formar la bolita de escarabajo de su felicidad. Parece que me marcho porque quiero marcharme, porque sigo siendo el hombre que bajó de tres en tres las escaleras del metro. Pero lo cierto es que me voy porque estoy fuera de lugar. Soy una interferencia en el nacimiento de esta compenetración que me duele en el alma. Es como si la dueña, con la intensidad de sus ojos marrones, me estuviese apartando de la guarida donde el último hombre y la última mujer de la Tierra van a aparearse. Soy un excluido y esta mujer esperaba a la puerta de la alcoba, atenta a los gorjeos y los ahogos, para cerciorarse de quién ganaba. Estaba segura de que habría un ganador y ya sabe que a mí me puede servir fuera la comida, como a los perros, a la intemperie, porque no soy el caniche favorito que disfrutará de la calidez del regazo de su dueña. Perro sin hogar.

Mientras me alejo con la imagen de la mujer del diente de oro clavada en el vientre, no puedo dejar de sentir envidia por no haber participado en una conversación: la que Lala y Adrián habrán mantenido antes de abrirme la puerta, antes de compartirme un segundo, para después volvérmela a cerrar dando por acabada una etapa, ahora sí, indestructibles y preparados para iniciar una convivencia que no tuviese nada de extraordinario. Cómo habría disfrutado, cómo hubiera sufrido, presenciando ese diálogo de entendimiento mutuo en el que yo no importaba nada, ese diálogo en el que quedaba claro que entre ellos las cosas solo cambiarían a mejor. Sin embargo, resultaba inquietante imaginar quién habría iniciado la conversación, con qué argumentos se avalaron las posturas, si hubo acuerdo desde el principio, si el tono fue áspero o, por el contrario, risueño, incluso soñador.

Lala y Adrián llegan a la terraza del Café Francia a la hora convenida. Yo estoy allí sentado con los compañeros de viaje. Al llegar Lala a mi lado, no puedo resistirme y la agarro por la cintura y le doy un beso en la boca, aunque ella viene de la mano de Adrián. Es una especie de prueba para medir hasta dónde puedo atreverme. Lala se sonríe, pero me aparta la boca. Está muy halagada, pero en presencia de todos retira mis dedos de su cintura y se sienta al lado de Adrián. A Lala lo que de verdad le halaga es estar en presencia de todos. Tener testigos. Adrián hace un gesto de asentimiento a los espectadores y, aunque sea una bellísima persona, durante una fracción de segundo me mira con la expresión de la victoria. También con un poco de odio. Pero nada de esto puede ser verdad, porque Adrián es un santo.

Paso toda la velada temiendo la llegada de la noche, porque la pareja y yo compartimos habitación. No puedo pernoctar en las calles de Marrakech, en un recodo escondido del Zoco o al resguardo de una tetería. Apuro las horas de la noche. Lala y Adrián se han retirado hace tiempo. Bebo en compañía de los más borrachos del viaje, un médico, un separado, una chica joven en su primer viaje sin mamá. Pero he de volver y, al llegar al dormitorio, entro sin hacer ruido y me meto en la cama supletoria, mientras ellos duermen pegados en la gran cama matrimonial. Al despertar, Lala me prohíbe cogerla por la cintura o darle un beso de amor, porque a Adrián esas confianzas le ponen triste. Me dice:

—Raymond, lo siento.

Se queda tranquila. No lo siente en absoluto, pero con su disculpa quiere dejarme depositado en un lugar en el que yo también me encuentre cómodo y, al mismo tiempo, lavarse las manos de su imprudencia, de su curiosidad malsana, de sus deseos de dominarnos a todos. Nos vamos de Marrakech, dejamos la pensión, la dueña le da un abrazo a Lala y a mí me mira como al perro que soy. Lala se marcha relimpia de la ciudad: las duchas gratis le han blanqueado la piel. En Fez dormimos en habitaciones separadas. No asisto a su boda ni nos volvemos a ver. A veces dudo de la locura de Elisa, porque yo tampoco sé dónde Lala y Adrián han puesto sus límites.

Límites. No creo que Raymond sea la persona más adecuada para hablar de límites. Ni siquiera está dotado de una inteligencia mediana. No puede ver lo que pasa alrededor y, mientras Elisa mandaba anónimos –¿quizá él también?–, envenenaba chocolate como la bruja del cuento, prendía hogueras para quemar herejes, Raymond escribía lánguidamente sobre un viaje a Marrakech. No ha aprendido nada Raymond. Tampoco de mis historias. Ni de las fantásticas ni de las reales. Pasaban muchas cosas mientras te estabas lamiendo las heridas, Raymond querido.

La policía comete un error. Quizá los agentes, impresionados por las lesiones de Elisa o por la peligrosidad de Adrián, se han olvidado de esa niña gorda que por un instante no abulta, es etérea como el humo y se ha mimetizado, vestida de luto gótico, contra el chamuscado color de las paredes. La vecina que ha acogido a Esther bajo su ala se encarga de hacer, desde mi salón y sin pedirme permiso, una llamada telefónica. A Esther esta misma noche la recogerán sus abuelos. La niña no dice nada. No puede decir nada todavía. Tiene la cabeza llena de los secretos que su madre le ha contado al oído y conoce el atajo que han de tomar sus palabras, cuando supere el estado de shock, la impresión, la angustia. Los monosílabos

174

de Elisa serán las migas de pan que Esther, pulgarcita, seguirá cuidadosa. Raymond no aparece por ninguna parte. Posiblemente, esté mirando desde fuera. Elisa ya no exhibirá una única cicatriz y a mi marido le acaban de destrozar la vida.

—Haga el favor de salir de mi casa.

La vecina me mira mal y le pregunta a Esther si quiere subir con ella a su piso. La vecina, puede que aburrida ya de su heroísmo y su bondad, igual que la poli, comete un error y deja a Esther a mi cuidado. Un error más en un día de catástrofes posiblemente no tiene demasiada importancia. Esther no se mueve. Parece que no se siente incómoda. Es lógico. Nunca le hemos hecho daño. Yo quiero correr hacia la comisaría para saber cuánto tiempo va a pasar allí Adrián, pero antes telefoneo a un compañero de su despacho para que se haga cargo del asunto. Mauro no entiende nada de esta faceta criminógena del derecho penal. Sin embargo, yo me quedo relativamente tranquila y entonces vuelvo a fijarme en Esther. Esther se chupa el dedo. Quizá está hambrienta. Ella se ha hecho invisible para no acompañar a su madre en la ambulancia. Creo que las dos tenemos que conversar.

—Acércate.

Esther está tan desvalida que viene hacia mí con docilidad. Necesito entender las razones que la han llevado a ayudar ciegamente a su madre. Aunque sepa que para esa sumisión no valen las razones. Hay que darle a Esther otra versión de esos hechos que guarda en su cabeza entre una nebulosa. Quizá Esther a mi lado corre peligro.

—Esther, ¿qué recuerdas?

Tal vez mis pistas la ayuden a que los contornos aparezcan lentamente y ya no precise nunca más de su madre para quitar las telarañas de encima de los baúles que guardan las cosas viejas. Puedo hacer hoy una pequeña buena obra moral, algo que a esta niña le sirva para decidir lo que es de verdad importante. Por ejemplo, cómo voy a sacar a mi marido de la comisaría, cómo voy a conseguir que no lo destrocen con palabras y con obras, a quién puedo acudir, qué va a pasar después. Sin embargo y pese a todo lo ocurrido, he de andar con pies de plomo, porque no tengo la intención de destruir la imagen que esta niña tenga de su madre. Ese descuartizamiento que casi todo el mundo ejecuta a lo largo de los años, Esther tendrá que hacerlo de golpe. Sola.

–Esther, ¿qué tienes contra Adrián?

Ella me dice que todo, y yo comienzo mi relato: tú eras muy pequeña y no puedes acordarte bien. Yo no estuve presente el día que sucedieron los hechos que, a continuación, te voy a narrar. Solo puedo decirte, para que tú misma valores cómo debes entender mis palabras, que la versión que te doy es la versión de mi marido y que posiblemente esta narración de los hechos no se parezca casi nada a la que tu madre te haya ido dejando entrever un día detrás de otro desde que eras muy, muy pequeña. La información previa es fundamental para interpretar las cosas que ocurren. Fíjate, por ejemplo: yo puedo regresar a mi casa una tarde con un ramo de margaritas o de freesias olorosas, para ponerlas en el jarrón de este piso en el que comparto con mi marido una vida vulgar que me hace feliz. Tú puedes mirarme y ver que, además, me he puesto una cazadora de cuero corta, llevo pantalones vaqueros y mi paso, pese a ser pequeña, es largo y contundente. No me conoces y piensas: esta mujer es una lesbiana que va a reconciliarse con su amante. También puedes pensar: esta mujer es la hermana de otra mujer que acaba de parir un hijo; lleva flores al hospital, pero no está muy contenta, porque su hermana tiene solo quince años. Puedes pensar que alguien ha muerto o que las flores estaban baratas o que la mujer las lleva a su despacho para alegrar el ambiente sórdido de los archivadores, las luces de neón y los teléfonos. Puedes pensar lo que te dé la gana, descartar posibilidades y quedarte con el relato que más te guste, pero en el fondo lo desconoces casi todo.

176

Necesitas que alguien a quien quieres, que te alimenta y que te merece confianza te diga que esa mujer no tiene hermanas, no trabaja en una oficina, se llama así o asá, lo más probable es que las flores sean para el jarrón que hay en el centro de la mesa, son unas flores muy caras que ella compra porque huelen bien. No ha tenido lugar ningún acontecimiento terrible. Y es fundamental que la persona que te informa diga: «Lo más probable.» Entonces, tu interpretación se orienta en la dirección más verosímil. Sin embargo, a veces las personas que queremos y nos susurran secretos al oído, no nos dicen «Lo más probable», no nos dicen toda la verdad ni nos dejan hacer preguntas, y nuestras aproximaciones a lo real se hacen cada vez más difíciles y llegamos a dudar hasta de lo vivido en primera persona. Tú tienes la ventaja de ser esa primera persona y estar capacitada para hacer un esfuerzo.

La imagen de tu madre sobre la camilla no te ha producido una impresión tan grande como la de mi marido esposado. A lo mejor sería conveniente que pensaras por qué. Yo te voy a contar la historia que me contó Adrián y es importante que sepas que, para mí, no todo el mundo merece el mismo crédito. No tiene la misma credibilidad un hombre que trabaja y lucha cada día que una mujer metida en una bola de pelusa, hipnotizada por una cicatriz, una mujer que alimenta hipopótamos en el zoológico y que pica el ajo muy finamente solo para que a ti te escueza el paladar.

–Aquella tarde a mí me da lo mismo. Lo único que importa es que mi madre no está bien y yo tengo que ayudarla.

Esther entiende perfectamente las circunstancias de la narración. Y está en lo cierto. Me pongo en el lugar de una hija con una madre delirante. Una madre que la quiere y que le manda recados que la hija ejecuta con precisión de científico, para que su madre siga teniéndole afecto. La hija hace los recados porque sabe que, si no los hiciera, se agravaría el estado de su madre. Llevarle la contraria solo serviría para que Elisa sufriera un ataque de cólera y le echara en cara un montón de asuntos sobre los que Esther no ha tenido ningún control: su crianza, sus vacunas, su nutrición, la escapada de un padre.

Durante esas conversaciones que acaban en círculos viciosos, a Esther le encantaría pegarle a su madre una buena hostia, y ese deseo es, para la niña, una especie de tabú que le sube desde la boca del estómago. Así que llevarle la contraria a su madre no sería una medida terapéutica, sino todo lo contrario. Esther lleva años temiendo y deseando lo que hoy por fin llega a ocurrir: separación, desprendimiento, el desgarrón entre ella y su madre.

Quizá dentro de unos años, cuando Esther vaya de visita a una carísima casa de reposo, acompañada por su abuelo, que la adora, con menos kilos y más tranquilidad en el rictus, Elisa le echará la culpa de cada hito de su vida: la cicatriz, su propio desgajamiento del seno de sus padres, las provocaciones hacia Adrián, su torpeza, su falta de entrega en las acciones que emprendía, su lentitud para transportar cubos de agua, nuestra última conversación, las nuevas cicatrices.

Entiendo muy bien lo que Esther dice, así que decido transmitirle la versión de Adrián para que no sienta mala conciencia por estar convencida de que su madre está completamente loca, por los deseos acumulados de pegarle y por la esperanza de que, a partir de ahora, las cosas vayan mejor. Cuando acabo con esa historia a la que Esther da su asentimiento –la firmaría si fuera una declaración–, no me resisto a lanzarle una pregunta que disipe un poco una tranquilidad de espíritu que, pese a su juventud, tal vez ella no merece:

–¿Sabes quién va a pagar los platos rotos?

–Adrián.

–¿Y sabes por qué?

Esther calla. Hay cosas que no se pueden decir. Es una muchacha muy inteligente. Pese a la lástima que me inspira, he de castigarla un poco devolviéndole una minúscula porción de mi zozobra y mi miedo:

–Recuerda que los papás de Pulgarcito pretendían asesinarle.

Cayó la noche. La policía entonces se acordó de Esther y vino a buscarla, pero ella ya había cruzado la calle. Volvió al observatorio, donde por fin, acompañada de una agente, esperó a sus abuelos, que en muy pocas horas se hicieron cargo de la muchacha después de resolver pequeñas rutinas policiales. Muy pequeñas. Raymond andaría escondido dentro de una alcantarilla. Estaría golpeándose contra la tapia de un descampado. O metido en un cine fingiendo que veía un thriller, oculto bajo la manta de la oscuridad. Y de la vergüenza. A quién le importa.

Paso la noche en blanco y con el amanecer llega una idea fija: todo era previsible. Esther es una chica muy inteligente. Esto es lo que temíamos cuando, cada fin de julio, sin formular un argumento que tanto a Adrián como a mí nos pondría los pelos de punta, escondemos revistas, panfletos, ciertos libros y adornos y, mientras los camuflamos en cajas de cartón al fondo de la leonera, comentamos lo curiosa que resulta esta forma de censura o, tal vez, esta paranoia que nos mueve a hablar bajito de ciertos temas dentro de los bares y a retirar la correspondencia del buzón rápidamente. Todo el mundo nos señalaría si entrara en nuestro piso y comenzase a interpretar los rastros que van dejando los objetos.

Nos vamos de vacaciones y tapo las revistas, los libros, el pequeño busto de Lenin, porque le doy a la vecina de abajo las llaves para que riegue las plantas. Durante la quincena completa, tengo el corazón en un puño, porque pienso que quizá Isabel, movida por la curiosidad que mató al gato, abra las cajas arrinconadas, levante las telas de las estanterías y se le vengan encima los volúmenes y las cosas que le dicen a la gente quiénes somos. No me importa que abra el cajón de la mesilla de noche y descubra los preservativos, las pomadas, las figuras de hombres que toman por detrás a las mujeres, de mujeres que se inclinan para ofrecerse a los hombres, lenguas entrelazadas como sogas de barco. No me importa que Isabel huela mis bragas buscando en la felpa seca el rastro de lo puta que soy. O de lo puta que he sido. O de lo puta que parezco ser. Aunque quizá esos objetos banales, el diseño de mi ropa interior, tampoco resulten inofensivos dadas las circunstancias.

Solo tapo ciertas cosas por las mismas razones por las que me inquieto al sospechar que me han hecho fotos en una manifestación a la que acudimos cien personas, o cuando entre los hilos misteriosos del teléfono oigo un clic y un chisporroteo que solo me permite articular algunas palabras sobre mi magnífica vida sexual o sobre enfermedades de la familia. Nada de política, nada de los casos de Adrián, nada de nombres. Es curiosa esta prevención que me lleva a evitar minuciosamente ciertos temas con ciertas personas. Sandra, la profesora de literatura del colegio, viene a cenar a casa. Sandra y yo nos llevamos muy bien; compartimos puntos de vista sobre la educación y sobre por qué algunos chavales hacen gamberradas. A las dos, lo confieso, nos gusta Saramago. Y Tabucchi, Toni Morrison, Coeetze. También, y sin que sea un contrasentido, nos gustan *Las sonatas* de Valle-Inclán.

Sandra es una tía maja que llega a nuestro piso un viernes por la noche con una botella de vino blanco y unos pasteles.

Yo he preparado carne al horno y he limpiado esmeradamente cada rincón. También he deslizado un tapiz sobre las publicaciones que no quiero que Sandra encuentre. No quiero hablar de ello y le doy instrucciones a Adrián para que mantenga la boca cerrada. No quiero darle a mi marido patadas en las espinillas por debajo de la mesa, ni que de pronto a Sandra se le congele la sonrisa y mire para otro lado. Por ejemplo, nunca hablamos de mi detención. No hablamos de cómo nos conocimos Adrián y yo, ni de todo lo que aparentemente no puede suceder en un país como el nuestro. En los tiempos que corren decir lo que no puede suceder, lo impensable, es una maldad que no merece perdón. Una descortesía. Ni Adrián ni yo queremos aguarle a nadie la fiesta. La gran bacanal que llevamos viviendo desde hace tantos años. Como gallinas ciegas y descabezados pollos. Inmenso corro de la patata. Entente cordial. Tralarí, tralará.

Si tomamos esas precauciones, la velada con Sandra será muy agradable. Como todas. Nos quitamos la palabra y, a ratos, zanjamos algunos asuntos más dándole a la profesora de literatura la razón antes de que surja esa pequeña diferencia electrizante, la larva, la sospecha de que quizá no seamos buena gente. No queremos percibir la desconfianza en el gesto de mi compañera. Esa tirantez. A veces nos consolamos pensando que quizá somos dos paranoicos, pero hoy no nos arriesgamos a acertar. Podemos parecer dos cínicos, dos hipócritas, pero en realidad estamos cansados y hemos aprendido la triste lección de que casi nunca merece la pena discutir. Todo parece extremadamente difícil, tan espeso, tan asfixiante que buscamos un respiro, inhalamos oxígeno de la bombona, celebramos las fiestas de guardar y procuramos buscar vínculos que nos alivien y nos hagan sentirnos parte de los grupos numerosos, de las naciones del mundo, de lo que nos han hecho creer que es el género humano: vivir con los demás la alegría después de la victoria de un equipo de fútbol, valorar una película tan tierna como los borreguitos que anuncian detergentes, alabar la labor de las organizaciones no gubernamentales, respetar todas las creencias, compartir el tópico de que esta es la ciudad con la noche más divertida del universo y de que como aquí no se come en ninguna parte. Necesitamos áreas de descanso. Remansos de paz. Desconexiones de esa fibra que nos mantiene siempre con el ojo avizor y el colmillo retorcido. Sintiendo cómo un millar de pulgas nos mordisquean las ingles.

Sandra me da un beso en la mejilla para despedirse. Ha sido una velada perfecta. Descubro las estanterías y al día siguiente en el colegio Sandra y yo, mientras desayunamos, hablamos de lo hijoputa que es el jefe de estudios, de las previsiones meteorológicas, de las vacaciones, incluso de métodos para el control de natalidad. De cómo aliviar el dolor de la regla.

No sé si me encierro o si me encierran, pero esta gota que está colmando mi vaso, mi prevención, mi falta de sinceridad, viene de antiguo. Adrián y yo somos novios. Adrián me trae un documento que le ha entregado un compañero. Es un informe de la guardia civil. Aparece mi nombre y su nombre. Mi dirección y su dirección. Se explica el vínculo que nos une. Se dice que yo soy estudiante de matemáticas y que estuve detenida y acusada de atentado por herir a un policía durante la desokupación de un inmueble. Se describe el trabajo de Adrián y los casos en los que ha intervenido. Nos miran y, en lugar de ser alzados a la categoría de ciudadanos de primera –gente de bien– por nuestra participación en la sociedad civil, somos culpables. Aun así, contraemos matrimonio, somos felices, tenemos trabajo, nunca le hemos hecho a nadie ningún mal.

Raymond comienza a ejercer su papel de vigilancia y castigo con varios años de retraso. Nadie nos concederá el perdón: la sospecha se cernirá siempre sobre nosotros agrandada por lupas y otros instrumentos ópticos. Raymond no sabía

qué es lo que estaba perpetrando exactamente, tal vez crímenes, travesuras, actos de amor o de odio, quizá por eso hoy se
manifiesta como el maltrecho fantasma de Canterville, e insiste en que tome su cuaderno y compruebe el alcance aniña-
do de sus intenciones. Me canta el pío, pío, que yo no he
sido. Raymond tira los jarrones al suelo, no se entera de
nada, nunca quiso, pero qué malo eres, Raymond, pero qué
malo. Pero no, Raymond. Esta vez no. Eres responsable, responsable, responsable...
   –Eres responsable, Raymond.
   Raymond me mira el día después cuando Esther ya está
con su abuela en una finca de Valldemosa, quizá paseando por
los jardines de la cartuja o contemplando los minaretes de
azulejo, recorriendo las calles del color de la tierra. El día después, Elisa permanece envuelta en vendas y emplastos y, pronto, muy pronto, su padre, que se ha quedado a dormir en una
camita supletoria de esa estupenda clínica privada, se la llevará
al hogar, dulce hogar, tras haber acudido a la consulta de un
cirujano: Elisa quedará convertida en el personaje de una novela de Raymond Chandler, Elisa cicatrizada y otra, Elisa por
fin sin cicatrices, en el lugar que le corresponde, Elisa en el estado de curarse o loca para siempre, marcando todas sus dife-
rencias, las mantequillas con que la criaron, la carne magra,
sus sentimientos grandes, maquinando otras fechorías con la
complicidad de una hija que la ama tanto o tan poco que
nunca va a decirle que no. El día después quizá el deseo de
Esther sea que por fin su madre se queme en la pira a la que se
acerca tentativamente, poquito a poco, que se deslice por el
barranco en el que ha apoyado la punta del pie hasta escuchar
un *rissssss*, el movimiento de las piedrecillas y, por fin, el desprendimiento hacia el fondo de una garganta, podría pasar en
Sa Calobra, podría pasar en la zona de las minas abandonadas
del sur de Murcia, podría pasar en Despeñaperros o en el nor-
te del país, de cabo a rabo la geografía está plagada de catástro-

184

fes anunciadas que quizá Esther espera para liberarse de una mujer tan invulnerable y singular.

El día después el desaparecido Raymond está frente a mí, y Esther y Elisa van a vivir en el futuro una vida de guardaespaldas y de detectives privados que las seguirán por las carreteras a una prudente distancia, y las salvarán de los asesinatos que perpetren dejando pistas falsas sobre la escena del crimen, borrando huellas y retomando el largo camino hasta los brazos de papá, que contratará a un nuevo médico, problemas del corazón, ansias de independencia estériles, malas compañías, nefastas influencias, usted ya me entiende, gente sucia que se cruza en el camino; papá contratará a una nueva enfermera que vigile a Elisa y salve a Esther de la obligación de permanecer a su lado, despojándola del miedo, de la pesadilla y del sueño de que, por fin, Elisa la expulse de su útero sin que se le marquen cicatrices en la piel del vientre. El día después Esther y Elisa serán vigiladas, pero lo suyo no serán espías, sino ángeles de la guarda. Ellas van a vivir no vidas sino libros de género.

Mientras tanto, yo correré las cortinas y esperaré a que acaben de hacerle preguntas a Adrián sobre las acusaciones que Elisa ha formulado contra él sabiendo que no importan las palabras de Elisa, que cada delito que le impute se habrá transformado en otra cosa y que los crímenes del corazón se han convertido en crímenes de acción y pensamiento, en riesgos potenciales de magníficas dimensiones. Soportaré que entren en mi casa para rebuscar entre la ceniza y permaneceré despierta por las noches con el ahogo de hacer un movimiento en falso por el que me puedan bordar letras rojas en la pechera de mi blusa.

Adrián sigue en la comisaría, respondiendo a cuestiones que se relacionan con las cosas quemadas, con el pasado, con el trabajo, con su matrimonio; en la comisaría están matando varios pájaros de un mismo tiro, gorriones y tórtolas, y es posible que al final, por rabia, por inquina, Adrián pague el delito de que alguien haya allanado su morada. Mientras tanto, Raymond, desaparecido y cobarde, me mira el día después. Yo barro la ceniza, recupero fragmentos de papeles quemados, le saco brillo a la calva de Lenin, que ha sido resistente al fuego. Mido qué violencia pesa más. En mi piso, no ha ocurrido nada irreparable, pero ya no sé si quiero vivir aquí.

Raymond me tiende más papeles, seguro que no son propaganda política, seguro que son una suerte de objetos personales, confesiones y diarios, ombligos sobados, círculos, roñas, mierdas, resentimientos, interpretaciones falsas y egoístas, primeras personas, ficciones de las mismas oportunidades para todos, felicidades sin derecho, éticas y morales, historias de niños, traumas, crecimientos, debacle, frivolidad, novelas, bocas que besan, viajes exóticos. Raymond quiere que lea todas las páginas de su cuaderno, pero yo ya he leído suficiente y ahora estoy muy ocupada retirando ceniza, tapando los libros que no se han consumido del todo, esperando a mi marido.

—¿Te acordabas del viaje a Marruecos?

Raymond me pregunta, después de haber permanecido callado, que si recuerdo un viaje a Marruecos. Claro que sí. Recuerdo a un médico que estuvo bebiendo con él durante muchas noches. El médico alardeaba de su profundo conocimiento de los rincones y de las costumbres del país. Viajaba a Marruecos un par de veces al año porque, además de ser médico, compraba antigüedades que vendía más tarde en su ciudad por el triple de lo que había pagado. El médico decía «Cuánto» y regateaba y regateaba hasta que la compra se convertía en una usurpación. Era como llegar a casa con un colmillo de elefante. El médico, el fenicio, lo había conseguido. Era el más listo, el más experimentado, el que tomaba copas con Raymond hasta las seis de la mañana y hablaba de la suciedad de los moros y de la belleza de las alfombrillas que había enrollado en el interior de su maleta. Alfombrillas,

186

mochilas de cuero, babuchas, narguiles, teteras de cobre labrado, lámparas y lamparillas, recipientes para cocer el tajín de congrio, velos, tapices, instrumentos musicales, joyas, *souvenirs*, objetos, recuerdos que se acumulan y que no necesitan ser cubiertos por un paño de pureza en un piso. Cosas que cogen polvo e imantan las patitas de los ácaros. Con los trapicheos el médico se pagaba viajes. Raymond bebía con él hasta las seis de la mañana porque, más allá de cualquier duda, el médico, el fenicio, el joven explorador, el cazador de elefantes, el aventurero, el negociante con vista, el buen consejero de los turistas sin destetar, era simpatiquísimo.

Ese médico nunca colocará su espéculo frío dentro mí. Prohibido. Mientras tanto, sí, claro, recuerdo muy bien el viaje a Marruecos, el limosneo, la persecución, los besos de las niñas por un dírham, «uno *buso, siñora*, uno *buso*», los zocos, los uniformes verdes de la policía imperial, los correajes, los dibujos de *jenna* en los brazos de las mujeres bereberes, los puestos de cabezas de carnero en el mercado, las moscas, la fetidez, los rascacielos de Agadir, los cubos de basura, la arena, el pachulí, los solitarios árboles frutales en tramos de carreteras infinitas, los hombres durmiendo al sol en los arcenes, los niños intérpretes que hablan cinco idiomas, embriones de inmejorables recepcionistas en los hoteles de lujo, mujeres cargadas con sacos, manos extendidas con las líneas de la vida negras, historias falsas para conseguir la miserable moneda de un médico fenicio que no da nada sin recibir algo a cambio, algo que pueda colgar en su saloncito de mierda, algo que pueda fotografiar y contar a las amistades como si fuera una especie de John Wayne con un gran corazón enterrado entre la carne del pecho.

De todo eso me acuerdo. Y me acuerdo muy bien.

Epílogo

Lala me mira como si tuviera la mente en blanco. Cuando éramos jóvenes, mi pregunta hubiera sido una invitación al relato de una historia que Lala narraría de un modo alegre entrecerrando los ojos para buscar detalles fantasiosos. Ella me hubiera contado cualquier cosa que excediese mis expectativas, y mi conducta habría sido, en consecuencia, una forma permanente de disimular, de darle a entender a Lala que lo que ella me relataba era, para mí, una anécdota cien veces oída. Pero, con el paso de los años, con su pequeña felicidad a la que tiene derecho, ahora que la veo de cerca, se le ha marcado un amargor en la comisura de los labios y no parece tener ganas de rebuscar detalles de esos que ella sabe que me gustan porque me producen inquietud.

Antes Lala iba por delante de mí; ella me enseñaba y yo aprendía, aunque me comportase como uno de esos pupilos que no les dan importancia a los descubrimientos que más tarde les torturan. Ella se forzaba a ser así porque me quería. Ahora Lala no está dispuesta a hacer ningún esfuerzo. No quiere acordarse del interior de los cuartos que yo me encargo de vigilar. No quiere explicarme lo que no llego a entender. Mi cuadernito negro está sobre la mesa. Lala, mirándolo como si hablara con él más que conmigo, dice:

—Yo me he acostado con hombres altos, bajos, feos, guapos, con estudios y sin ellos, con las uñas largas de los pies, pulcros, malolientes, abstemios, bebedores, solteros y casados, con compromisos varios, reaccionarios y progresistas, machistas, profesionales, maduros y jóvenes. Ninguno era rico. Fue en horas tontas, antes de comprometerme con Adrián. Y no tiene ninguna importancia. Y no voy a acordarme ni a pagar por ello.

En ese momento Lala deja de prestarle atención al cuadernito y me fulmina con una mirada que me hace sentir vergüenza:

—Entonces, dime, Raymond, ¿de qué más quieres que me acuerde?

Lala me invita, pues, a no preocuparme demasiado por las evoluciones de un cuerpo curioso que lleva a cabo actos de higiene o de amor. Me equivoqué; para que Lala pagara por no prestarme atención, para que pagara por el hecho de cambiar de vida y ser feliz sin mí, yo no hubiera debido escarbar en el ayer, sino retratar el futuro. Es lo que tiene la felicidad. Cuando alguien la siente sin culpas ni restregones del pasado que laceren la piel y nublen la conciencia por las noches; cuando uno experimenta la felicidad en gestos cotidianos como poner la televisión a cierta hora y ver una serie de forenses, o saber que el sábado por la mañana se tomará el aperitivo, entonces la felicidad desaparece, borrada por el miedo a perderla, por la inminencia de las enfermedades y las catástrofes.

A Lala, Adrián se le morirá, Lala está condenada a quedarse sola, sin padres, sin hijos, sin esposo, sin esperanza, y toda la alegría que le pueda producir su satisfacción de hoy es un mal recuerdo para lo que ha de venir mañana. La felicidad de esta pobre Lala es la inexorabilidad, el rigor, de las cosas terribles que van llegando poco a poco sin que ella pueda remediarlo. El miedo es inherente a la felicidad. Con

189

eso bastaba. Bastaba con observar; intervenir no ha sido más que un subrayado obsceno que me obliga a tener que hacer acto de presencia y esbozar una disculpa por todas las acciones que no supe que se iban a cometer. Me bastaba con imaginarlas. Nunca supe que alguien las perpetraría de veras.

–Lala, yo solo miré.

Cuando Lala se quede definitivamente sola, superado el temor de que los tumores se le vayan despertando por el cuerpo o de que comience una nueva guerra total, ni siquiera la consolará que yo quiera volver a su lado, porque los dos seremos viejos y nos conoceremos mucho y nos daremos asco, y aunque estemos juntos, ella nunca me hablará de sus seres más queridos, de sus difuntos, porque sabrá que, si lo hace, me abrirá una herida, a mí, que soy un miserable. Un indigno. Lala frenará su lengua y no se regodeará en antiguas alegrías. Las antiguas alegrías no calientan las manos, y en esos tiempos que quizá estén por venir, a Lala, incluso su propio nombre, tan alegre, le sonará ridículo. El nombre de Lala será ridículo, si solo ella lo pronuncia en una habitación cerrada. La onomatopeya de un animal, el tarareo de una canción tonta. El nombre de Lala solo es alegre si otro lo hace suyo, porque los que son como Lala carecen de felicidades propias y solo las viven si los demás están riendo, satisfechos, entonces los que son como Lala obvian sus propias apetencias y hacen suyas las ajenas, para sentirse pletóricos y maravillados.

A los que somos conscientes de nuestra ruindad, a los deseantes, a los que nos movemos por nuestros propios apetitos y podemos disfrutar en un banquete en el que sirvan los alimentos que solo a nosotros nos complacen; a los que ignoramos el rictus de repugnancia de los comensales vecinos y disfrutamos con el aroma de un queso agusanado y delicioso, pese al abandono de la mesa de una mujer joven que, demasiado embriagada por el hedor del lácteo, ha sufrido una náusea, a nosotros, siempre nos queda la esperanza.

Es la paradoja del revolucionario feliz. Porque el estado de felicidad es cobarde y lamenta los cambios. Lala y Adrián, desde su optimismo revolucionario, desde la fuerza que les da su alegría cotidiana, esgrimen sus pequeñas armas retóricas y luchan, y yo me pregunto por qué, para qué, si la más mínima variación en las rutinas de su existencia disminuiría la perfección y el lujo en que los dos se aman. Quizá luchan por mí. Lala, delante de mis ojos, barriendo sus cenizas, sigue pareciéndome una estúpida, pero ahora ya no me quedan ganas de herirla. Su felicidad es justo lo que merece. Por eso he venido a presentarle mis respetos y me quito, delante de ella, mi jipijapa blanco en un gesto pasado de moda que es una despedida. Justo en el momento en que bajo la cabeza y exhibo un cuero cabelludo que comienza a clarear, y voy a decir adiós, siento un golpe terrible y ya no puedo abrir la boca.

El busto de Lenin ha volado por el aire de mi casa y se ha estrellado contra la cabeza de Raymond, que se ha quedado tendido entre las telas chamuscadas, no muerto, pero desde luego desconcertado. El busto de Lenin ha tenido una gran utilidad. No me ha gustado la cara con que Raymond me miraba. Los ojos se le llenaban de lagrimillas. Por eso he lanzado la estatua contra el bulto de Raymond y he acertado de lleno mientras la convicción de que los actos más irreflexivos son el reflejo de pensamientos sólidos, que han fermentado y necesitan una vía de escape, me iluminaba y me daba energía. Le he dejado tendido en el suelo de mi casa justo antes de que fuera a pedirme perdón. Tenía pulso. Se despertará con dolor en las cervicales.

Me he puesto la chaqueta. He cogido el bolso y me he encaminado hacia la comisaría en la que Adrián continúa detenido. He guardado el cuadernito de Raymond en el bolsillo. Me voy a sentar en la sala de espera y no me voy a mover de allí hasta tener una noticia, una explicación. Salgo a la calle, arrojo a la mendiga su moneda porque me da la gana, porque todos los días voy a dibujar irreflexivamente ese gesto que es el poso de muchos pensamientos sólidos. Cosas que me salen sin que tenga que pensarlas dos veces y que, sin embargo, están automáticamente bien: actos, sensaciones. Como la repugnancia que me inspiran las reuniones de vecinos y los santos tribunales de la inquisición.

En las reuniones se escuchan las propuestas que se alzan al consistorio municipal: cierre de los bares a partir de las doce de la noche; acordonamiento de las zonas verdes reservadas a los niños mayores de cuatro años; multas a los padres que deambulen con niños menores de esa edad a partir de las once de la noche; prohibición de fumar en cualquier espacio público; restauración del antiguo sistema de serenos; prohibición de concentraciones en las aceras; registro de mochilas y bolsos en el tránsito por las calles a partir de las veinte horas; deben condenarse los alcorques de los árboles en los que terminan depositándose aguas fecales y orines de borracho; cierre de los locales, peluquerías, ultramarinos, barecitos, regentados por los no nacidos en el país; depuración de las mendigas y de los *clochards;* revisión del pavimento de la calzada para un tránsito más fluido de los vehículos; liberalización de las zonas de aparcamiento; prohibición de fiestas privadas o, por supuesto, públicas en los inmuebles del barrio; obligación de estar en casa los días de revisiones del gas y, en general, de cómputo de los gastos energéticos; prohibición de abrir a los carteros comerciales; prohibición de pisar el césped; obligación de llevar a los perros con bozal; prohibición de tener más de dos animales domésticos en una casa; obligación de cortar las cuerdas vocales de los perros en caso de que ladren; obligación de castrar a cualquier animal que manifieste signos de estar en celo; obligación de anestesiar suavemente a los niños en caso de que lloren; obligación de ingreso en el geriátrico de las personas mayores de sesenta y cinco años que den muestras de cualquier tipo de invalidez física o mental; obligación de asistencia a todas las reuniones de comunidad que se convoquen; obligación de votar taxativamente sí o no a las propuestas vecinales; obligación de recoger las multas y cartas certificadas; prohibición de tener más de dos días invitados en la casa, en el caso de que la vivienda sea propia; en el caso de que sea alquilada, las visitas se reducirán a un máximo de cuatro horas; prohibición expresa de identificar los elementos de fachada de un inmueble con rasgos ideológicos que no hayan sido aprobados por los vecinos; obligación de limpiar dos veces por semana el tramo de escalera y calle que corresponda; prohibición estricta de dar limosnas ante la proliferación de miserables; prohibición de abrir a ninguna persona desconocida; prohibición de recoger paquetes que no sean propios; obligación de avisar a las autoridades competentes ante la más mínima sospecha...

Estas cosas han dejado de extrañarnos o dejarán de hacerlo muy pronto. Pronto.

En mi balcón hay una pancarta que recuerda aquella guerra rápida cuyas metástasis se siguen reproduciendo. Ha habido y hay muchas guerras desde entonces, aunque ya casi nadie lo note. Aunque ya casi nadie quiera notarlo. Colgar hoy esa pancarta no es una demostración de bondad, un fregado de conciencia, es un gesto muy incómodo. Algunos vecinos han dejado de hablarme. Vivimos en mundos distintos. Algunos vecinos me cierran el portal en las narices cuando voy a meter la llave para entrar en casa. Suponen que les voy a amargar la vida. Rompen mis bajantes para que les pinte la casa, para que gaste mi dinero. Merezco empobrecerme y convertirme en Nublí en medio de la calle. Mis vecinos creen que puedo hacerles daño y sacan sus pistolas. Eluden su obligación de pensar qué significa ser feliz o desgraciado.

Cuando Adrián estaba conmigo me importaba un poco menos. Aprieto el paso porque creo que mi vecino ha puesto el ojo en la mirilla para tomar nota de a qué hora salgo y de si lo hago sola o acompañada, o es que tal vez en la esquina me espera alguien que no quiero que vean. Ahora, más que nun-

194

ca, tienen motivos para estar al acecho. Camino por la calle y voy a parar a una avenida depauperada; la enfilo hasta alcanzar la mole azul de la comisaría. Entro, pero Adrián ya no está allí. No me dicen adónde lo han llevado. Quizá a la comisaría de otro distrito, no saben. Llamo a Mauro.

–Vete a casa, Lala. En cuanto sepa algo, yo te llamo. Vete a casa.

Claro, le digo a Mauro que sí, pero no puedo regresar ahora a casa. Tengo que esperar a que Raymond se despierte y se ponga una bolsa de hielo en la coronilla. Se recupere y se vaya para no volver a aparecer nunca más. Vuelvo a telefonear a Mauro:

–Mauro, yo te vuelvo a llamar en una hora. Tengo que hacer unos recados y no voy a casa. Yo te llamo.

–Lala, ¿estás bien?

Claro, estoy bien. Cuelgo el teléfono de la cabina de la comisaría y salgo a la calle, tan intimidada como siempre. Incluso cuando voy a renovar mi carné de identidad, siento en el cogote la mirada de los policías que me siguen a lo largo de los pasillos. Como si en cualquier momento fuesen a echarse encima de mí y nadie, absolutamente nadie, fuera a defenderme de esa mole de grasa uniformada que me mantiene inmóvil sin que yo entienda las razones. ¿A quién me parezco?, ¿tengo el perfil de una terrorista muy buscada?, ¿mi cara es igual de pálida y anodina, mi corte de pelo, la chaqueta que uso?, ¿soy una foto de aeropuerto o de estación de autobús?

Salgo a la calle sin mirar atrás, desando mis pasos. Llego a una glorieta. Me entretengo con las evoluciones de la arquitectura, la estrechez de las calles se va suavizando a medida que la vista alcanza la fuente de la glorieta y, más allá, la perspectiva aún más modernizada de la parte alta de la calle, las hamburgueserías y las tiendas de ropa y, todavía más allá, los bulevares que se ensanchan y se hacen solitarios, un abandonado depósito de agua, las antiguas cocheras del metro, la confusión, algunos rascacielos primitivos, la superposición en el paisaje de castañeras decimonónicas y ultramodernos cajeros automáticos con cámara de seguridad, la ebullición de nuevos centros urbanos en las inmediaciones de cualquier autopista. Hoy la ciudad se me hace concreta, tiene nombres, historia y transformaciones, deja de ser esa nebulosa, esa imagen de duermevela que, cada mañana, me pasa por delante de los ojos cuando camino deprisa por las calles sin fijarme en nada porque voy a algún lugar en particular y no puedo detenerme. Como mucho, retengo el abultamiento especial de una piedra al torcer una esquina.

Hoy la ciudad tiene perfiles nítidos y cada perfil es el resultado de una razón. Los perfiles cortan, pueden hacerme daño. Miro mucho más allá de lo que mi vista alcanza, pero no he pasado de la glorieta próxima a la comisaría. Ahora empiezo a andar sin rumbo y riadas de personas caminan en sentido contrario al mío. Es un espléndido doce de octubre. Camino contra corriente y me cruzo con niños rubios que peinan raya al lado, el pelo pegadito por chorros de colonia, niños que llevan globos anudados en los dedos y pequeñas banderas de España. Chicas jóvenes, embutidas en jeans y ocultas tras grandes capas de maquillaje, mueven banderas de España. Padres de familia empujan carricoches de bebés, adornados con banderines de España. Las cervecerías están atestadas de personas con pegatinas de banderas de España en los bolsos y en los monederos, en las correas del reloj. Banderines, banderillas, banderolas, todo son emanaciones de la gran bandera que preside el epicentro del júbilo patriótico: la patria extendida se mece rompiendo el cielo que enmarca la estatua del gran descubridor de las Américas. Adolescentes comentan en grupos el acelerado paso de la cabra legionaria, las barrigas del cuerpo de paracaidistas, los tanques de fabricación nacional, producto interior bruto como las barajas de Heraclio Fournier y los hilos de azafrán tostado.

Yo no llevo banderas. Un coche negro pasa a toda velocidad cuando estoy cruzando una calle; me pilla desprevenida; me esquiva; toca el pito con una tonada a modo de saludo y su bandera de España ondea prendida a la antena de la radio. Si estuviera con mi marido, le haría un comentario en voz baja. Como Adrián no está, me mezclo con la gente, disimulo y, enormemente sola y acorralada, tomo una calle perpendicular que, en este momento, no sé adónde me lleva.

Raymond ya no nos mira. Sin embargo, ahora me sentiría acompañada por sus catalejos. Alguien se preocupa por mí entre esta barahúnda. Vino a pedirme perdón. El golpe ha sido literalmente devuelto. Mujeres con moños apretados, al pasar, me dan trastazos con sus bolsos. El *clochard* de mi barrio grita «Viva Franco», y las mujeres y los niños de las rayas repegadas con colonia le ríen la gracia. Un chico, apostado en la esquina, busca en mi indumentaria la insinuación de una bandera. Me da miedo. Va a acercarse a mí. Quiero llamar a la policía. Por qué. Este hombre puede matarme en plena calle y yo estaría sola y todo el mundo entendería por qué ese muchacho me hunde una navaja en el estómago. Mi joven amante. Un patriota. Estaría claro que sería yo misma la responsable de mi muerte. Me alejo. Corro. El camarero de una cafetería pide una banderita a uno que pasa regalándolas. El coche negro da otra vuelta a la manzana; no encuentra aparcamiento. Los devoradores de sándwiches de una pastelería dejan apoyados sus banderines contra las patas de las aéreas banquetas rotatorias.

Mauro no puede hacer nada por Adrián. Ni el cuadernito de Raymond. Ni mi esfuerzo por ordenar la historia. Esta historia. No sé para qué voy a llamar a Mauro. No sé para qué.

ÍNDICE